飛翔

野鳥と俳句の世界へ

上野 祐藏

刊行に寄せて

京都大学名誉教授　吉田英生

他に類を見ないユニークかつ美しい書 —— 上野祐藏氏による『飛翔 野鳥と俳句の世界へ』の草稿に触れたときの私の第一印象である。氏とは1997年にエネルギー・資源学会の編集実行委員会でお目にかかってから27年近くになり、この間、年賀状や時折いただくメールから野鳥や俳句を愛好しておられることは知っていたが、その両者を結びつけた視点から、美しい情景と貴重な言葉で紡いだ本書を上梓されたことは喜びに堪えない。氏のまえがきにもあるように、美しい自然に恵まれた日本、そしてその中で生きる日々の感動を凝集された短い言葉 —— とりわけわずか十七文字で表現する俳句を有する日本語の世界。日本人として、これら二重の幸せを改めて深く感じさせてくれる何よりの書と言えよう。

今日、国内でも国外でも辛く悲しい天災や人災が頻発しているが、ほとんどの場合ひとりひとりは無力に近い。一方、われわれの周囲には膨大なSNSや各種の情報があふれているものの、取るに足りない言葉や映像も少なくない。そのような混迷を極める日常にあって、まず生きとし生けるもの本来の原点に立ち戻ることの重要性は申すまでもないが、ほとんどの人は忙しく諸事に追われ、まさに「忙＝心を亡くしている」状態である。これに対し、俳句歴20年の上野氏は、意識と感覚を集中させて自身の心にぴったりの言葉を探し（生み）出す作業を続けるとともに、野鳥を主とする自然とも12年間向き合ってこられた。その結晶である言葉や情景に触れることによって、読者の心も自ずと原点復帰できるのではなかろうか。一例を挙げると、氏自身が好む20句を選んだ中に

「海や山次々越えて小鳥来る」

がある。私は、俳句を詠むことについては素人ながら、このやさしい言葉で詠まれた句からは何ともいえない広がりと生命力を感じるのである。さらに、本書には美しい情景の写真も満載されているので、一頁一頁をじっくりと味わっていただきたいと願っている。

なお、本書は上野氏による言葉や写真に加え、種々の感銘深い言葉の引用や貴重な関連情報も集めて整理されているが、必ずしも順番どおりに通読する必要はなく、むしろ興味を覚えたところから順不同で読み進み、必要に応じて読み返すことにより味わいと理解が深まると思われることを付記する。

目次

飛翔　野鳥と俳句の世界へ

まえがき

飛翔　野鳥と俳句の世界へ

我が国には美しく感銘深い言葉が溢れるほどある。それは今も昔も我々が日本の原風景や四季の移ろいなどに感動する機会が極めて多いからに違いない。たとえ都市に住んでいても、少し郊外に足を伸ばせば農村や山村等にたどり着けるし、その暮らしぶりに触れることが出来る。空・海・山・川などの大自然に棲む種々の生き物たちに出逢うことが出来、それらの不思議な生態とか奇跡に驚かされることも決して希ではない。

古代に遡って考えると、まず日本民族独自の風習——大自然や四季の移ろいを反映した暦にも象徴されて、感動を表す素朴な言葉が育まれたように思う。それらの延長線上に奈良時代には自然との共生を中心とした中国文化の伝来による漢詩や日本固有の詩歌である和歌も誕生した。江戸時代に芭蕉を中心として盛んであった俳諧の連歌の発句を基礎として、明治時代に子規や虚子が中心になり、俳句は独立して成立したようである。すなわち、時代の進展とともに感動を表現する一定の約束事が取り決められ、趣きや余韻のある俳句や短歌などの短詩として綴られ、詠われてきた。そして、西洋の影響も加わった明治以降には新しい詩歌や童謡などの形式にも拡大され、内容的には人生にも深くかかわる言葉——たとえば「雨ニモマケズ風ニモマケズ雪ニモ夏ノ暑サニモマケヌ丈夫ナカラダヲモチ・・・」（宮沢賢治）など——も生まれた。

このように自然と人生をたゆたうことなく生き足跡を残された先人たちや昨今の専門家が、そのすぐれた感性や洞察力によって多くの感銘深い言葉を残していて嬉しい限りである。私はその思いをずっと胸に抱きながら、それらをただ受け身で鑑賞するだけではなく、自分自身でその世界を具体的に少しでも広げ深めたいと模索してきた。それが本書の執筆・編集の動機である。

本書では、まず自然との関わりを見つめ直す視点として、私は野鳥を中心に観察してきたので、その関連話題を第1章「自然との共生」で紹介する。一方、美しく感銘深い言葉としては俳句に焦点を合わせ、第2章「俳句を愛して20年」で紹介したい。と言っても、私の中では「自然」と「俳句」は相互に強く関連しているので、第1章と第2章の境目は明確ではない。また、そのような美しく感銘深い言葉を生み出す素地となった自然風景として、私が野鳥を中心に撮り、貯めてきて自分の宝としている写真を本書全体にちりばめた。その結果、本書は俳句集と写真集が合わさったような構成となっていることをご理解願いたい。なお、本書全体の背景として「参考資料」をまとめてみた。

本書を通して、私たちが美しく豊かな自然と共生する幸せをあらためて感じていただくとともに、その幸せを少しでも大きく深いものにしていただくきっかけとなることを願っている。本書は私にとってまだ20年ほどの活動についての現状取りまとめでもあるので、今後の人生が与えられる限り引き続いて山野を巡り歩き、探鳥や俳句に一層取り組み楽しみを深めたいと考えている。

2024年立春

上野 祐藏

ユリカモメの親子
(奈良市・水上池)

第1章

自然との共生

— 小鳥が囀る野山を歩こう —

1－1　自然との共生（1）

本章のタイトルとした「自然との共生」は、私にとって最も大切な言葉の一つなのであるが、その前提となる「限りある命、一度きりの人生」と「個々の人間が生きる世界」について、まず考えたい。

自分自身を振り返ると、親から貰った命を自分がどれだけ大切にして生きてきたかと問われてもハイとしっかり返答出来る自信はない。一方、そのような個人の姿勢や意思とは無関係に個人の運命を左右するのが、個人が生を受けた時代の世界の状況である。与えられた命は長く続くに越したことはなく、「人生を長生きするための絶対的基礎条件は、自由で平和であること」と金子兜太（俳人）が述べていたのはもっともだと思う。

しかしながら現在、国家間の争いは常に絶えない。先日 NHK ラジオ深夜便で聴いた話であるが、宇多喜代子（俳人）は明日への言葉として、これから生きる若い人たちに対し、「先ずは戦争のない世界とすることを、さらにこの列島・国土・森林・水・魚などを無くさないようにしてほしい」と願っていた。単に戦争のない世界＝平和に限らず、人と自然との共生を願う俳句界のリーダーからの貴重なメッセージだと思う。同様な趣旨であるが、かつて NHK テレビによく登場していた京都在住のベニシア・スタンリー・スミスさん（英国生まれ、詩人、園芸愛好家）は、外国人ながら美しい日本語で表現「人生とは、我々の周辺の特に自然界の不思議や奇跡を見つめ生きることです」と主張していて感銘を受けた。

なお、「自然との共生」は洋の東西を問わず、古くからも言われてきたことである。例えば、旧約聖書に書かれている「ノアの箱舟」の話は次のようである。

ノアの箱舟

神は人を創造したが、人の悪が増したのを見て、人も家畜も鳥も造ったことを後悔され、今にも滅ぼさんとしている。その世代で無垢なノアに告げ、洪水をもたらし、命の霊を持つ全てを滅ぼすので、ノアの箱舟を造るよう命じ、その箱舟にノアの身内やすべて命あるもの、二つずつ（雄と雌）、鳥や家畜や地を這う生き物を連れて来て生き延びるようにしなさい、そして食べられる物は全てノアのところに集め、他の生き物と共に食料としなさいと命じた。洪水のあと命の霊ある全てが死に、ノアと箱舟にいた生きものだけが、生き残ったわけである。

（「聖書」、日本聖書協会、新共同訳）

つまり、神が信用するノアにだけ事前に知らせて箱舟を作らせ、ノアの身内と生きものたちをその船に乗せ洪水から救ったのである。このノアの箱舟の話は、結局は健全な人と人以外の生き物たちとの共生を目指しなさいとの神の啓示だと解釈したい。

私が愛好している鳥と人を具体的に取り上げて、両者に共通する思いを表現した詩もある。坂村真民は、私が18歳の頃、確か四国におられた詩人で、当時から私が愛読してきたのは次のような詩と「念ずれば花ひらく」という言葉である。

鳥は飛ばねばならぬ

鳥は飛ばねばならぬ人は生きねばならぬ
怒涛の海を飛びゆく鳥のように混沌の世を生きねばならぬ
鳥は本能的に暗黒を突破すれば光明の島に着くことを知っている
そのように人も一寸先は闇でなく光であることを知らねばならぬ
新しい出発を迎えた日の朝私に与えられた命題
鳥は飛ばねばならぬ人は生きねばならぬ

（参考）「坂村真民詩集百選」（横田南陵・選、致知出版社）

なお、真民の母親は「念ずれば花ひらく」という言葉を苦しい時にいつも口にしていたとのことで、真民もいつの間にか、この言葉を唱えるようになったことが、この詩にも反映しているように思う。

キビタキ（生駒市・くろんど池）

ムギマキとカラスザンショウ（生駒山麓公園）

アオバズク（奈良市・富雄若草台）

アマサギ（奈良市・平城宮跡）

1－1　自然との共生（2）

次に鹿・蝶・花等の小話および各界の名士の方の自然との共生に関するメッセージとそれから受けた感想を述べたい。

「愛しき子鹿」

母を追う小鹿のあとを人は追う。まほろばの奈良公園の鹿は愛しくて、地方から来る旅人も、異国から来る旅人も、微笑みながら見詰め入る。鹿せんべえを齧らせて鹿の肩や背中などそっと優しく撫でている。

（食べ物を与える場合や撫でる場合のマナーは必要と聞く。）

奈良公園にはおよそ1200頭の鹿がいて愛護会もあり、上手く生育されており、国の天然記念物に指定されている。鹿愛護会では、雄鹿はおよそ200頭おり、雄の角は毎年生え変わるが、人が角で怪我しないように「角切り」を毎年10月中旬公園内の鹿苑で行っており、見学出来ることになっている。

また「鹿寄せ」という冬の風物詩（12月上旬）もあり、ホルンの音色に引き寄せられた鹿が森の中から100頭程度が出て来る。そう、大好きな団栗を食べさせてくれるから。鹿を見詰めている人たちの殆どが優しい笑みを浮かべている。

人と人との諍いも国と国との争いも、もうそろそろ止めよう。神仏が仲良く宿る日本こそ世界に向かって叫んでみよう。争いはもう止めようと。

奈良に出てみんなで鹿を見詰めよう。きっとみんなが優しくなれるはず。

（2022. 11. 15）

「鹿とカラス」

奈良公園で、ある日カラスが鹿の首筋あたりに触れて、鹿の毛をしきりにむしっている珍しい光景を見かけた。鹿はきっとここちよかったに違いない。

何をしているのかと思い、さらに眺めていると、次にカラスは鹿の背中の上に乗り移るではないか。鹿は嫌がることもせず、かなりの時間じっとしていた。世界中の観光客に愛されている奈良公園の鹿と他の生き物どうしのこんな友情もあるんだと感動した。人間社会では、鹿など動物たちの死亡事故が増えている。特に鹿の場合は交通事故やプラスチック袋の飲み込み事故での死亡が増えている。注意しなければいけないのは、鹿はもちろんのことであるが、もっと注意し、工夫を凝らすべきは、我々人間側にあるのではないかと思う。

（2022. 3. 20）

「ヘプバーンも小鹿に逢ひしか奈良ホテル」（祐藏）

朝日俳壇・掲載　長谷川櫂選、2009. 10. 20

選評：ヘプバーンも小鹿も可憐です。

子鹿（奈良公園）

鹿とカラス
（奈良公園）

映画「西部戦線異状なし」

反戦小説（著者：ドイツ人のレマルク）をもとにアメリカで作られた映画であるが、後に私も見たが、二つの大戦と全体主義に翻弄される民衆を描いたものであるとのこと。ドイツ人の青年が主人公であるが、鉄条網の敷設の任務につく。戦闘では砲弾の穴に落ち、同時に飛び込んで来た敵兵を殺してしまうが、敵兵のポケットから妻子の写真を見つけショックを受ける。

久しぶりの帰郷の後に戦線に戻るが戦場は珍しく静かで、きれいな蝶が飛んできた。このシーンは私もよく映画で記憶している。塹壕から主人公はそっと手を出した。瞬間敵兵の弾が青年に当たり死ぬというストーリだけでも悲しい反戦映画と言えるだろう。（参考文献：ウイキペディア）

「花はどこへ行った」および「この広い野原いっぱい」

ジョーンバエズが歌った「花はどこへ行った」は反戦の歌と言われたが、我々も青春時代に仲間とよく歌ったものである。日本でも森山良子の「この広い野原いっぱい」の歌がある。この歌は広い野原に咲きみだれる美しい花をすべてあなたにあげるといういわばラブソングであるが、この歌も大好きである。ジョーンバエズの歌は明らかに戦争によって、野原や庭園や国土にいっぱい咲いていた花の姿を失い、どこへ行ってしまったんだろうというとても切ない嘆きの歌であり、明らかに戦争に対する憎しみと平和への願望を歌っている。

アサギマダラもいい

アサギマダラ（生駒山麓公園）

近隣の生駒山麓公園は10年程前から鳥見でよく出かけるスポットである。バスや車の料金所付近の窪地や山道などには鳥がよく出る。ルリビタキ、ホオジロ、トラツグミ、コサメビタキ、マヒワ、キビタキ、オオルリ、アカゲラ、ウソなどが顔を見せゲット出来る。

バーダーでも中には小鳥があまり出ない日は、花や蝶やトンボをカメラに収めて帰る日もある。当日の私もそう。薄暗い窪地の正面あたりに黄色のセイタカアワダチソウ（秋にはノビタキや冬にはベニマシコが立ち寄るので有名だ）が咲いており、蝶が一羽飛んで来ているではないか。綺麗なアサギマダラだった。アサギマダラは通常鵯花《ひよどりばな》や藤袴によく止まる。

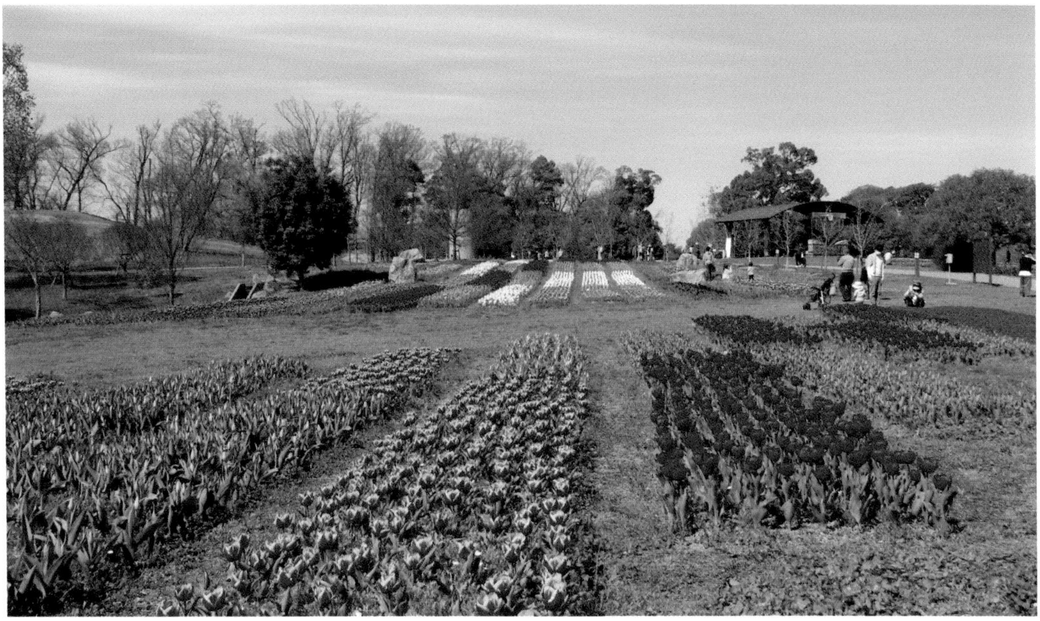

チューリップ（奈良県・馬見丘陵公園）△

クリスマスローズ（宇治市植物園）▷

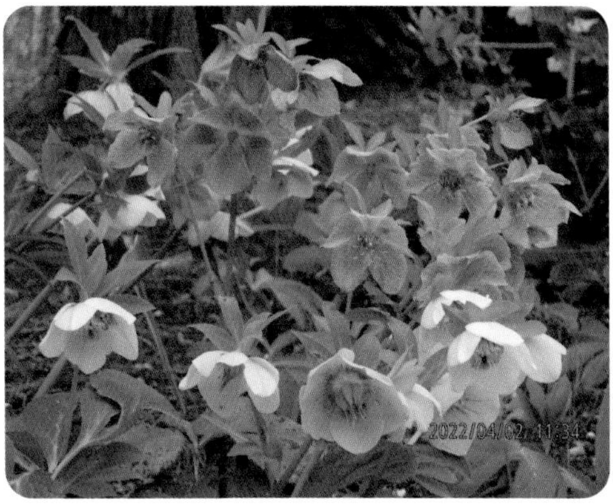

ダイサギ・アオサギ（奈良市・蛙股池）▽

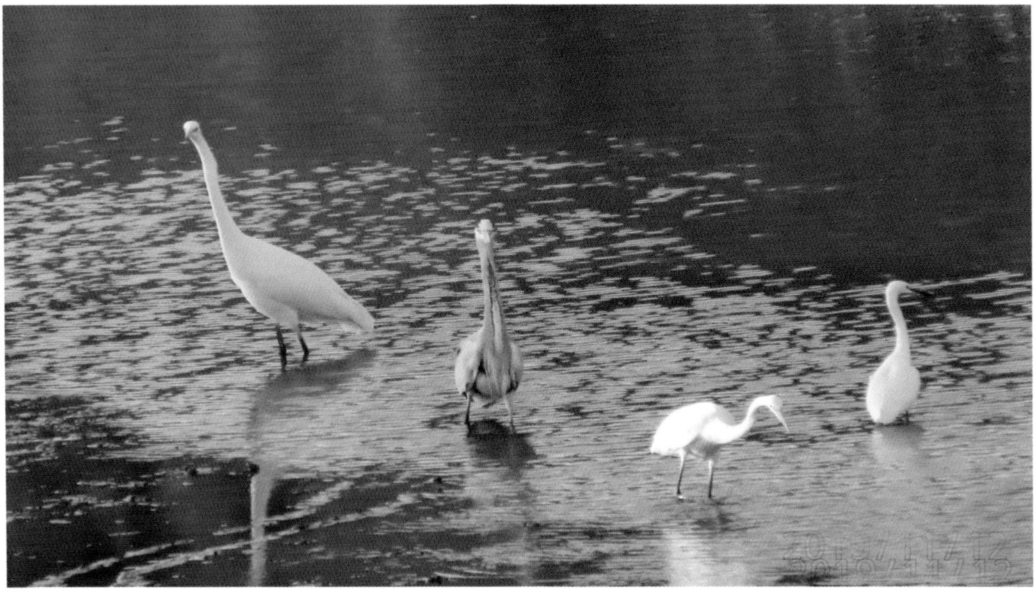

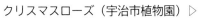

「自然中心が人類存続の道」

「人間中心主義の西洋近代哲学を超え、人類が存続出来る文明の基礎となる自然中心主義の哲学を模索。エネルギー問題でも、化石燃料を介さずに太陽や自然の恵みをもっとじかに受けるにこしたことはない。

自然と共生することで、人類は末永い繁栄をはかれる。原子力や核融合に投じている莫大な予算を振り向ければ、低コストの再生可能エネルギーの開発は可能だと思う。原子力エネルギーから脱し、環境破壊を克服出来る文明のあり方を示せれば、原発事故で傷ついた日本の誇りを回復出来る。」

故 梅原猛（哲学者）（2017. 1. 7 日経新聞）

勿論電気事業者の社会的貢献や役割はとてつもなく大きいが、以上のように人間中心主義を超えて、自然中心主義を進めるべきと説くこの哲学者の考え方に賛成するとともに敬意を表したい。地球温暖化問題で話題沸騰の今日、さら検討の余地があるかもしれないが、原発での事故による莫大なアフターコストを考えれば当然のことであろうと思う。

「自分ファーストを捨てよう」

「幸せな明日を目指して、自分ファーストを捨てよう。宇宙飛行で感じたのは、多種多様な生命体がともに暮らす地球の特殊性だった。自分の生活や自国の利益だけを優先しようとするナショナリズムが強まっていると思う。周りの人々の幸せを考え行動しなくてはならない。」　向井千秋（宇宙飛行士）（2018. 12. 3 朝日新聞）

勿論このメッセージには地球人だけの問題ではなく、自然界の他の生き物たちとの共生が必要だと言う意味も含まれていると理解したい。すなわち前述の１－１自然との共生（1）「ノアの箱舟」の趣意に通じるものがある。

「日本野鳥の会からのメッセージ」

「現在、生物多様性の問題は、国際的な課題ですが、わが国でも野鳥の生息地の消失や里山の衰退などで多くの野鳥が減少しています。鳥や自然に心を通わせることは、私達の感性を豊かにしてくれます。鳥を愛でるという活動自体が、芸術や文化創造の源となり、子供たちの未来に明るく豊かな環境を残すことにつながると私は思っています。一緒に小さな命に心を通わせ、豊かな社会を築いていきましょう。」　上田恵介（日本野鳥の会会長・鳥類学者）

この上田会長のメッセージに賛同し、著者も日本野鳥の会の「青い鳥会員」に数年前入会した。

タマシギ（奈良県・田原本）

「田原本のタマシギなど」

大和平野の中央部を占める田原本は奈良県磯城郡に位置するが、弥生文化の発信基地である。唐古・鍵遺跡は２０世紀初め唐古池の堤防の発掘調査により、出土した土器・石器木製農耕具などから弥生時代が農耕社会であることが明らかになった。

このあたりの田園では、春の蓮華や夏のクローバーなども美しく、田んぼの畦道などに夏にはタマシギの親子、ムナグロ、アマサギ、雉子などを目指すカメラマンの姿も見られ、やがて一帯に広がる青田もとても爽やかである。秋になると近くの貯め池には貴婦人と呼ばれ人気のあるセイタカシギやツルシギ、タシギなども出現する。(2022. 6)

「信州はオオムラサキだ」

信州の松本に住む画家はみんな、雄大な北アルプスやお膝元の愛着ある有明山をよく描くらしいと、昨日行った美術館で知ったばかりだ。翌日竹馬の友とともに伴侶を連れ、その有明山を正面に見ることの出来る丘の中腹あたりまで出かけた。有明山はうわさ通りで、まろやかな雰囲気が漂う土着的ないい山であった。

やがてそばに近寄って来たのは，なんと日本の国蝶「オオムラサキ」だ。数匹はいた。我ら男子二人はカメラを片手に夢心地。逃げる、止まる、逃げる、なお追いかけるとオオムラサキをゲットしようと必死であった。まるで捕虫網を持ち、野山を駆け巡った少年時代のようであった。やがて二人共古希を迎える。(2015. 5)

１－２　生きものとの共生からバードウォッチングへ

俳句を愛好して２０年（単独６年・句会５年・単独９年）、同様に野鳥観察も前の居住地の同好会を中心として１２年続けているが、いずれも生涯続けるつもりである。そもそも俳句を始めた頃から、山野を散策し、あるいは旅行をすることも多くなり、「俳句は自然と人生そのもの」と実感していたので、自然に触れ、いろんな樹々や花を見てはこれらの名称を沢山覚えることが出来たらこれも楽しいだろうなと考えていた。さらに朝日俳壇で金子兜太先生（故人）、長谷川櫂先生、大串章先生らに幾度か拙句を選句して頂き、句作に少しは自信がついた。しかし金子兜太先生はいい俳句を作ろうと思うなら、「生きもの感覚のあるアニミストであれ」と言われたのを記憶していたからもっと自然に触れ、可能な範囲で生きものたちとの共生を目指し、その生態を見詰めたいと考えている。

丁度その頃、町内の友人から地元の有志で野鳥の同好会を作りたいので、発起人に加わらないかというタイミングのいい話を持ち掛けられたので即座に賛同した。仲間と共に野鳥観察を中心に、たまには一献を交わすという趣味的生活が始まった。メーテルリンクの青い鳥や幸福を呼ぶフクロウ、縁起のいい福来雀（ふっくら雀）、害虫を獲ってくれるので、豊年を呼ぶという益鳥のツバメ、平和のシンボルの鳩など、昔から俳句や短歌でも歌い続けられてきた小鳥たちを殆どの鳥仲間はとても愛しく思っているはずである。

ハジロカイツブリ（奈良市・水上池）

1－3　野鳥観察の最近の印象

日本三鳴鳥としての大瑠璃・鶯・駒鳥の美声は勿論であるが、鷦鷯（ミソサザイ）などの声も美しい。これら以外にも、撮影したくなる魅力的な鳥は沢山いる。南方の島、スマトラ島から来日するという青い目で尾の長い三光鳥（サンコーチヨー）や我が国最小の鳥で冠の黄金色が魅力の菊戴（キクイタダキ）そして同様に冠毛があり顔の黄色い深山頬白（ミヤマホオジロ）も我等を夢中にさせてくれる鳥である。その他翡翠（カワセミ）、鴛鴦（オシドリ）、瑠璃鶲（ルリビタキ）、山鳥（ヤマドリ）、山翠（ヤマセミ）、貴婦人と称され人気の高い背高鴫（セイタカシギ）や光沢ある暗緑色が素敵な田鳧（タゲリ）、雌雄ともに綺麗な玉鴫（タマシギ）、雪の妖精の愛称で親しまれるシマエナガ（島柄長）やヤイロチョウ（八色鳥）なども美しき鳥である。エナガ親子もエナガ団子と呼ばれ人気があり、神子秋沙（ミコアイサ）も特に雄は目元がパンダに似てパンダ鴨と称され人気がある。宿り木やピラカンサに止まる連雀（レンジャク）は尾の色が赤と黄の２種あり、緋連雀（ヒレンジャク）、黄連雀（キレンジャク）と親しまれている。鴛鴦と仲の良い巴鴨（トモエガモ）の雄は、顔の色が黒・白・黄・緑の巴模様が美しく人気が高まっている。特別天然記念物のコウノトリも絶滅を防ぎたいと各地で運動が始まっている。

＊「野鳥も人も地球の仲間」これは日本野鳥の会の標語である。

エナガ親子（大阪城公園）

1－4　可愛い小鳥たち・鹿・花などのフォトリスト

（カメラ：キヤノン PS SX70HS）

バードウオッチングを始めてから十数年余も経過するといろんな小鳥を慈しむあまり撮影した写真は膨大な枚数となり、とても全てを納めきれず、その中から本書の紙数を考慮してピックアップし収録することにした。

あいうえお順の小鳥たち

＊アオバズク	（奈良市・富雄若草台）	2018.6.20	（1章 P. 7）
＊アオバト	（枚方市・山田池公園）	2023.3.5	（2章 P. 84）
＊アカゲラ	（生駒山麓公園）	2028.1116	（2章 P. 58）
＊アトリ（1）	（枚方市・山田池公園）	2023.3.16	（1章 P. 33）
＊アトリ（2）	（奈良市・蛙股池）	2023.3.16	（1章 P. 43）
＊アマサギ	（奈良市・平城宮跡）	2023.4.29	（1章 P. 7）
＊アリスイ	（奈良市・平城宮跡）	2023.3.13	（1章 P. 38）
＊イソヒヨドリ	（奈良市・神功池）	2023.9.5	（2章 P. 59）
＊ウグイス	（奈良市・あやめ池）	2021.4.4	（1章 P. 40）
＊ウソ	（富士山五合目）	2019.6.26	（1章 P. 21）
＊エナガの親子（エナガ団子）	（大阪城公園）	2019.4.1	（1章 P. 15）
＊エナガ	（奈良市・唐招提寺）	2020.10.20	（1章 P. 31）
＊エリマキシギ	（京都府・久御山町・休耕田）	2023.9.16	（1章 P. 45）
＊オオジュリン	（奈良市・平城宮跡）	2023.2.3	（1章 P. 36）
＊オオタカ	（奈良市・水上池付近）	2022.12.23	（1章 P. 29）
＊オオヨシキリ（行々子）	（奈良市・平城宮跡）	2017.8	（1章 P. 22）
＊オオルリ	（大阪城公園）	2020.10.1	（2章 P. 90）
＊オオルリの若	（大阪城公園）	2020.10.1	（1章 P. 42）
＊オガワコマドリ	（枚方市・淀川河川敷）	2020.3.17	（2章 P. 91）
＊オシドリの飛翔	（奈良市・水上池）	2023.1.14	（2章 P. 84）
＊オシドリ	（奈良市・水上池）	2023.2.1	（1章 P. 39）
＊カイツブリの親子	（奈良市・高の原・皿池）	2022.7.8	（2章 P. 92）
＊カルガモの親子	（東大阪市・花園ラグビー場公園）	2019.7.5	（1章 P. 26）
＊カルガモの子	（橿原市・一事尼古神社）	2023.5.8	（1章 P. 30）
＊カワセミ	（奈良市・富雄）	2019.5.15	（1章 P. 37）
＊カンムリカイツブリ	（奈良市・水上池）	2022.11.22	（1章 P. 44）
＊キクイタダキ	（生駒市・くろんど池）	2020.1.16	（1章 P. 32）
＊キジとレンゲ畑	（京都府・木津川市）	2022.4.13	（1章 P. 38）
＊キセキレイ	（生駒山麓公園）	2023.10.25	（1章 P. 41）
＊キビタキ	（生駒市・くろんど池）	2021.10.20	（1章 P. 6）

コウノトリ（奈良市・窪之庄南付近）

撮影年月日順の鹿・花など

＊ベニイトトンボ	（奈良市・磐之媛命御陵）	2017.10.6	（2章 P. 63）
＊ホソミオツネン	（奈良市・磐之媛命御陵）	2017.10.6	（2章 P. 62）
＊城壁の秋化粧	（大阪城）	2018.12.4	（2章 P. 55）
＊鹿とカラス	（奈良公園）	2019.4.2	（1章 P. 9）
＊ホテイアオイ	（橿原市・本薬師寺跡）	2019.7.	（2章 P. 83）
＊コスモス	（藤原京跡地）	2019.10.22	（2章 P. 83）
＊奈良の紅葉	（奈良公園）	2019.11.3	（1章 P. 48）
＊小鹿	（奈良公園）	2020.1.9	（2章 P. 55）
＊木瓜《ぼけ》	（宇治市・恵心院）	2020.3.29	（1章 P. 25）
＊藤の花	（奈良市・磐之媛命御陵）	2020.5.4	（1章 P. 35）
＊バラ	（奈良市・学園前駅南口）	2020.5.19	（2章 P. 51）
＊アサギマダラ	（生駒山麓公園）	2021.10.16	（1章 P. 10）
＊クリスマスローズ	（宇治市植物園）	2022.4.2	（1章 P. 11）
＊チューリップ	（奈良県・馬見丘陵公園）	2022.4.5	（1章 P. 11）
＊桜	（奈良市・蛙股池）	2022.4.7	（1章 P. 21）
＊田原本の青田	（奈良県・田原本）	2022.5.17	（2章 P. 50）
＊ササユリ	（奈良市・大和文華館）	2022.6.3	（1章 P. 34）
＊アケビ	（奈良県・馬見丘陵公園）	2022.10.11	（2章 P. 55）
＊コブクザクラ（子福桜）	（奈良県・馬見丘陵公園）	2022.10.11	（2章 P. 59）
＊佐保川の花筏	（奈良市・新大宮）	2023.3.20	（2章 P. 52）
＊佐保川の桜	（奈良市・新大宮）	2023.3.20	（2章 P. 62）
＊芭蕉の鹿の句碑	（奈良公園）	2023.6.14	（2章 P. 55）
＊杜鵑草《ほととぎす》	（奈良市・散歩道）	2023.10.15	（1章 P. 28）
＊センブリ	（生駒山麓公園）	2023.10.20	（2章 P. 93）

コアジサシ（奈良市・水上池）

1－5　野鳥の声

野鳥の声は、先人たちが、それぞれの野鳥の啼く声をうまく表現したものだなあといつも感心している。探鳥会に出かけても役立つことが多い。実際にコジュケイが奈良の平城宮跡で「ちょっと来い、ちょっと来い」と啼くのを数年前に聞いて感動した。

アオゲラ	キョッキョッ	ジョウビタキ	ヒッヒッ
アカゲラ	キョッキョッ		クワックワッ
アカモズ	ギチギチ	タゲリ	ミューミュー
イカル	キョコキー	ノビタキ	ヒッヒョロリ
ウソ	ヒョーヒョー	ベニマシコ	チョーピーチリ
オオルリ	ピーリーリー		ピッポピッポ
カワラヒワ	ヒリリコロロ	ホトトギス	特許許可局
キクイタダキ	ツリリリ	ミソサザイ	ツリリ
	ツイーツイー	モズ	キィキィキィ
キビタキ	ピッコロピッコロ	ヤマガラ	ニィーニィーニィー
コガラ	ディーディーディー	ルリビタキ	チョロリチョロリ
コジユケイ	ちょっと来い	レンジャク	チリチリチ
コルリ	ピンツルル		
	チッチッ		
サンコウチョウ	ホィホィホィ	シジュウガラ	ツツピ<警戒しろ>
	ギッギッ		ジャージャー<蛇だ>
			ジジジ<集まれ>

鳥語の研究で著名な鈴木俊貴氏（京都大学助教）の説明を先日 NHK テレビで放映中に聞き、シジュウガラが啼き合図をすれば、他種の小鳥もシジュウガラの鳥語を理解し、猛禽が来たら逃げることを知り驚いた。

なお 2023 年春より鈴木氏は、東京大学先端科学技術研究センターで世界でも珍しい「動物言語学」の研究室を開き活躍されている。

（2023. 5. 28　朝日「天声人語」より）

シジュウガラ（大和民族公園）

ウソ（富士山五合目）

桜（奈良市・蛙股池）

ルリビタキ（大和民族公園）

1－6　野鳥賛歌30句

（下記の俳句は著者の過去の句集『まほろば』『あおばずく』『都跡（みあと）』等の中より抜粋したものである。＜祐藏 2019 年作成＞）

オオヨシキリ＜行々子＞　（奈良市・平城宮跡）

1　鶯の啼けよ日本にとこしなへ

2　人の世のよろこびは先ず初音かな

3　笹薮に初音聞こえてあと戻り

4　燕眠るならばひそかにドア閉めよ

5　吉野麓燕飛び入る大広間

6　疾風や燕万羽の塒《ねぐら》入り

7　むかし蝶いま小鳥追ふ山河かな

8　安曇野の谷間の春やミソサザイ

9　雀来て遊び惚けよ小米花

10　穂も揺れて喉あかあかと行々子

タマシギ（東大阪市・東花園）

20 翡翠《かわせみ》の沈黙破る水の音

19 キビタキを見つけ少年誇らしげ

18 雉鳩《きじばと》よふくよかに啼け今朝の秋

17 啄木鳥《きつつき》の啼かずともよし木に遊べ

16 野辺山に郭公ぞ啼く菜畑かな

15 ちょっと来いとコジュケイ啼くや風光る

14 一対の玉鴫《しぎ》寄り添ふ青田かな

13 木漏れ日や青葉木菟と睨みっこ

12 森蔭に沈思黙考青葉木菟《ずく》

11 鳥影を探す山坂藤の花

ムギマキ（大阪城公園）

30　緋《ひ》水鶏《くいな》の恥じらふごとき火照りかな

29　安曇野に白鳥来ませり三十羽

28　日溜まりの樋にふっくら寒雀

27　大鷹の悠々たるや柵の上

26　海や山次々越えて小鳥来る

25　小鳥来る梢の木の葉紛らわし

24　鵙《もず》啼けば棚田色づく明日香かな

23　鴛鴦《おしどり》の方向転換音もなし

22　パノラマや湖北水鳥梅雨晴れ間

21　波の間に浮巣漂ふ湖北かな

注）俳人による「野鳥と俳句50句」はP. 97~P. 98の参考資料を参照

マヒワ（生駒山麓公園）

木瓜《ボケ》（宇治市・恵心院）

ハチジョウツグミ（枚方市・山田池公園）

カルガモの親子（東大阪市・花園ラグビー場公園）

ヤマセミ（奈良県・榛原）

ホシガラス（富士山五合目）

キレンジャクとサクランボ（枚方市・山田池）

1－7　ホトトギスいろいろ

ふつうホトトギスと言えば野鳥のホトトギスを思い浮かべ、昔歌った童謡を口遊んでしまう。「卯の花の匂う垣根に時鳥《ほととぎす》はやも来啼きて忍び音もらす夏は来ぬ」、これが、「夏は来ぬ」（佐々木信綱作詞、小田作之助作曲）の歌詞一番である。

＜野鳥＞

① 野鳥ホトトギスは、鳥類カッコウ科の一種で、特徴的な鳴き声とウグイスなどに托卵する習性がある。全長は28cm。色は頭部と背中は灰色、翼と尾羽は黒褐色、胸と腹は白色で黒い横しまが入る。このしまは、カッコウやツツドリより細くて薄い。目の周りは、黄色のアイリングがある。

② 特徴的な鳴き声は、「きょっ、きょっ、きょきょ」「特許許可局」「てっぺんかけたか」で知られている。

③ インドや中国で越冬し、日本には５月中旬に渡来し、毛虫を好んで食べる。

④ なお漢字表記では、よく見かける漢字だけでも，杜鵑、不如帰、時鳥、子規，郭公など五つある。野鳥としては、時鳥かカタカナのホトトギスを使用する。

⑤ カリエスだった俳人正岡子規は自分とホトトギスを重ね合わせ、血を吐くと言われるホトトギスに因んで句を多数作ったらしい。自分の俳号も子規とした。
なお俳人其角は「あの声で蜥蜴食らうか時鳥」という俳句を作った。また芭蕉は郭公とよく似ているとし、郭公を用いたらしい。

⑥ 俳人杉田久女は、次の名句を残している。
「谺して山ほととぎすほしいまま」
ホトトギスは、南方から来る渡り鳥であるが、昔は山に籠っていて、初夏に出て来ると思われ、田植えと結びついていた。山ほととぎすは、山にいるホトトギスのこと。

＜植物＞

ホトトギスが鳴くのは初夏で、その頃咲く花と言えば卯の花や橘であるが、秋に咲く杜鵑（杜鵑草とも表記）と言う花がある。杜鵑草はユリ科で、もともと白地に紫色の花の斑点がホトトギスという鳥の胸の模様と似ているからこの名前がつけられたそうである。著者も庭のある家に住んでいた頃は秋の花として藤袴や虎の尾などと共に庭に植えていた。杜鵑花はサツキのことで、紛らわしいので俳句では、杜鵑草と草の字をつける。

杜鵑草《ほととぎす》（奈良市・散歩道）

＜俳句『ホトトギス』＞

子規の友人柳原極堂が正岡の俳号子規に因んだ名称で1897年（明治30年）に創刊した。創刊時はひらがなで「ほととぎす」としていたようである。この文芸誌に当初漱石が「吾輩は猫である」や「坊ちゃん」をここで発表している。現在は虚子の曾孫の稲畑廣太郎が主宰。

ツツドリ（大阪城公園）

ツミの若（生駒山麓公園）

ホトトギス（大阪城公園）

オオタカ（奈良市・水上池付近）

セッカ
（奈良市・平城宮跡付近）

ツバメの子ら
（奈良市・あやめ池駅前）

カルガモの子
（橿原市・一事尼古神社）

エナガ
（奈良市・唐招提寺）

ニュウナイスズメ
（奈良市・佐保川・新大宮）

コマドリ
（大阪城公園）

キクイタダキ（生駒市・くろんど池）

ミサゴ（奈良市・水上池）

コルリ（大阪城公園）

アトリ（枚方市・山田池公園）

枝垂れ桜
（奈良市・あやめ池）

芝桜
（松本市・長峰山付近）

ササユリ
（奈良市・大和文華館）

蓮
（奈良市・唐招提寺）

藤の花
（奈良市・磐之媛命御陵）

飛

オオジュリンの飛翔
（奈良市・平城宮跡）

ホオアカ
（長野県・美ヶ原高原）

チョウゲンボウ
（奈良市・平城宮跡）

カワセミ
（奈良市・富雄）

ヘラサギ
（奈良市・平城宮跡のれんかく池）

キジとレンゲ畑（京都府・木津川市）

アリスイ（奈良市・平城宮跡）

ヤマガラと桜（奈良市・あやめ池）

オシドリ（奈良市・水上池）

ウグイス
（奈良市・あやめ池）

メジロとヒマラヤザクラ
（大阪南港付近）

センダイムシクイ
（大阪城公園）

ジョウビタキ雄
（大和民族公園）

ジョウビタキ雌
（大和民族公園）

キセキレイ
（生駒山麓公園

ムギマキ
（大阪城公園）

コジュケイ
（奈良市・蛙股池）

オオルリの若
（大阪城公園）

アトリ
（奈良市・蛙股池）

クロツグミ雄
（大阪城公園）

トラツグミ
（大和民族公園）

カンムリカイツブリ（奈良市・水上池）

ダイサギ・コサギ（京都府・久御山町・古川）

エリマキシギ（京都府・久御山町・休耕田）

タカブシギ（京都府・久御山町・休耕田）

トモエガモ
（奈良市・神功池）

ユリカモメ
（明石市・西江之子島）

ソリハシセイタカシギ
（京都府・八幡市・内里池）

サンカノゴイ
（奈良市・平城宮跡）

ヤツガシラ
（大阪城公園）

ノゴマ
（大阪城公園）

奈良の紅葉（奈良公園）

第2章

俳句を愛して20年

2－1　俳句との出会い

私が中学3年の頃、当時自分が知っている俳句はせいぜい7，8句であったと思う。俳句と言えば必ず出てくる芭蕉の「古池や蛙飛びこむ水の音」もその1句であったことは間違いではない。それにしても不思議な当時の記憶がある。その中学3年の夏休みであったと思う。父の書斎の机の上に珍しいアメリカからの絵葉書が置いてあったので、少し覗いてみた。その絵葉書に刻まれていた俳句が一生忘れられないのである。

「テキサスでプールに飛び込む水の音」今から半世紀以上前の話である。

この句を寄せられた父の友人は高名なシステム工学系の学者であられたことを後に知った。ご本人がちょっとした遊び心で添えられた1句だと思うが、私の方は、この句が生涯脳裏に焼け付いて離れないままでいる。定年直前から俳句を志向するようになったことの一因かもしれないと思っている。俳句は素直に作れば、難しいものではなく誰でもやれる、そのような思いが募り、俳句関係の書物を多く読むようになり、好きな俳句を50句ほどを座右に置き、愉しみながら自分でも句作するようなった。新聞等への投句も時々行った。

俳句は世界最小の定型詩といえども、言葉を凝縮して膨らますことの難しさにすぐぶち当たった。そこで俳句の基礎など種々のことを教えてもらったところが後に入会した「南柯」（主宰：故 秋山未踏）という地元の俳句結社であった。

田原本の青田（奈良）

2－2　野鳥とともに俳句を愛して20年

約20年前に俳句を独自に始めた頃は、俳句を綴って幾度新聞に投句しても、入選に至らずかなり苦労した。そこでこの難関を突破すべく原点に戻り、俳句のいろはを覚え、句集などを読み漁り、旅をしたり、野山を歩いたりし、1年ほどしてから朝日新聞に最初の入選を果たした。「百日紅丸きお腹に君の手のひら」（金子兜太選）の一句だった。その頃入会した「南柯」という結社では多くの仲間と交流を重ねたが、卒寿を迎えられた主宰が逝去された頃、私的な事情も生じて、会の方は5年間で去ることとなった。その後も好きな俳句から離れることは出来ず我流ではあるが、野山を散策する機会を増やすことにし、俳句・野鳥愛好家として再出発することにした。結社在籍中に住民の同好会として数名で立ち上げた野鳥の会（丸山野鳥同好会）は早や12年を経過し今なお続いている。野鳥関連の句では、少し自信を得たのは、長谷川櫂先生に読売新聞「四季」欄に掲載して頂いた「海や山次々越えて小鳥来る」（2016・8・24）の一句である。この句は先生の著書『四季のうた―至福の時間―』（中公文庫）にも掲載頂き、自作の「野鳥賛歌100句」の中でも好きな一句である。会誌「野鳥」を読みたいばかりに、遅まきながら、日本野鳥の会「青い鳥会員」にも数年前入会した。俳句の方は先人のあるいは現代の俳人の俳句評論や句集に触れることを忘れないようにして現在も年に600句程度は句作を続けている。生涯、俳句も野鳥も私のよき友である。

バラ（奈良市・学園前駅南口）

2－3　俳句は人の生きざまそのもの

＊この２－３の標題は、俳句は自然と人生そのものであると理解しており、１章の標題の「自然との共生」とも概ね合致していると思う。切り出しは寺田寅彦の言葉から始めたい。

＊「俳句の滅びない限り日本は滅びないと思う。俳句の修行はまた一面においては、日本人固有の民俗的精神の習得である。」

　　　（寺田寅彦：物理学者、作家）

☆出典：『寺田寅彦随筆集第五巻』（小宮豊隆編、岩波文庫）

＊この言葉の真意がよくわからなかったが、『俳句脳』の二人の著者の下記の説明でよく理解できた。

すなわち俳句を研究することは、日本人を研究することであり、季節の移ろいと共に生きてきた日本人は、五感のすべてを使い、四季を愛でてきたのであり、日本人の喜怒哀楽が、美意識、哲学、思想、信仰など季節と共にあったと述べ、寺田寅彦の考え方に賛同している。

☆『俳句脳』（茂木健一郎・黛まどか著、角川書店）

☆『俳句あらば日本滅びず天高し』（拙句）

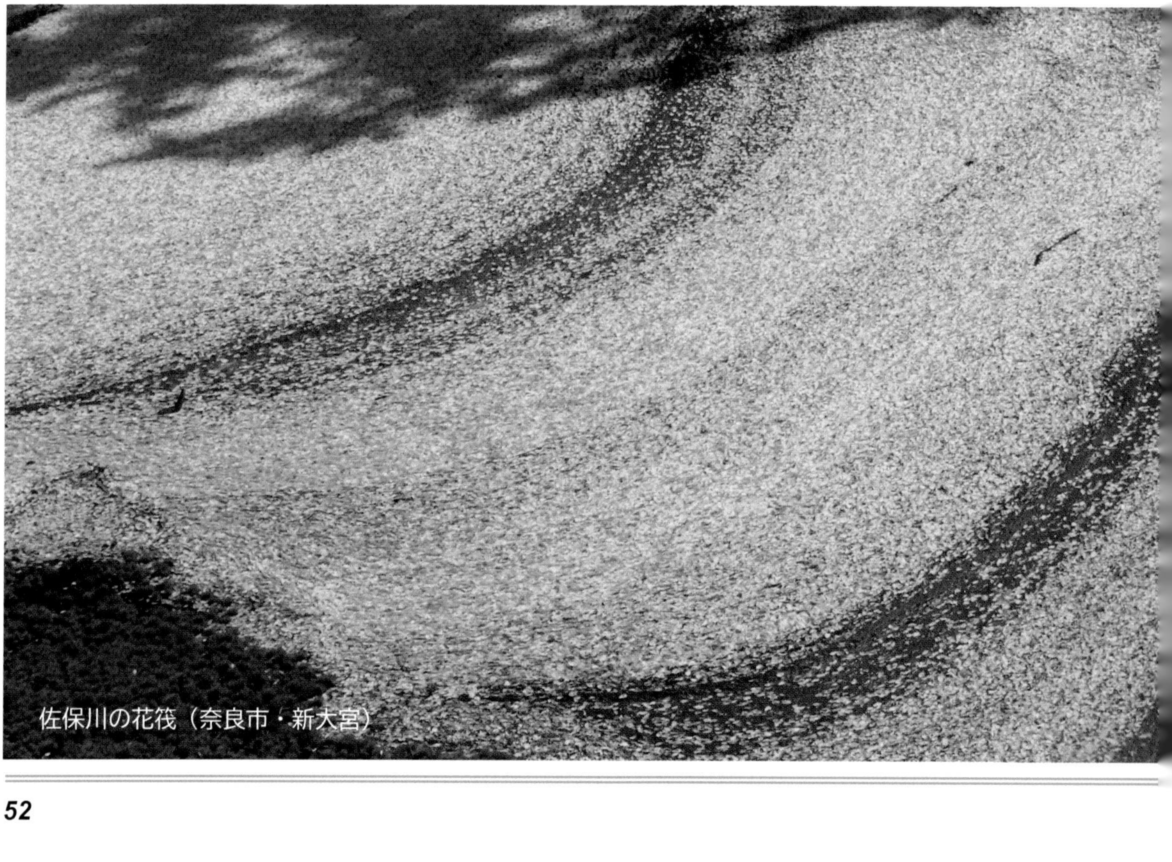

佐保川の花筏（奈良市・新大宮）

桜と地蔵（長野県・烏川渓谷付近）

＊「俳句とは自然と人生そのものである。俳句と共に健やかに生きよう。」
座右に置きたい俳句 50 句 ＜著者が自由に選んだもの。ただし著作権その他の理由により存命中の俳人の名句や新聞に投句された方の名句も残念ながら割愛した。＞（P. 64~P. 81 参照）
好きな自作の 20 句（P. 86~P. 87 参照）

＊「俳人の系譜」
『俳句への旅』を参照し、誰にでも一覧出来るわかりやすいものに作成した。（P. 96 参照）
出典：『俳句への旅』（森澄雄著、角川ソフィア文庫）

＊「日本語はおもしろい」
日本語は漢字、かな、カタカナなどの文字から構成されている。表意文字と表音文字があり、表意文字や表音文字からなる無数の言葉の中から、夢のある言葉を探し出すのも醍醐味である。

＊奥の細道と芭蕉

1.「月日は百代の過客にして、行かふ年も又旅人也。」

①時間（月日、行かふ年）はこの世界を通り過ぎてゆく旅人（百代の過客）である。

②船頭や馬子は「旅を栖」にしている。

③同じく古人の中にも旅で死んだ人が多くある。

2.「かるみ」

「かるみ」の発見とは嘆きから笑いへの人生観の転換だった。「おくのほそ道」の旅の途中、芭蕉が見出した言葉の「かるみ」はこうした心の「かるみ」に根ざし、そこから生まれたものだった。俳諧はもともと滑稽の道、笑いの道なのだ。とすれば、「かるみ」とは俳句の滑稽の精神を徹底させることでもある。病思い正岡子規が「悟りといふ事は如何なる場合にも平気で死ぬる事かと思って居たのは間違ひで、悟りといふ事は如何なる場合にも平気で生きて居る事であった。『病牀六尺』に書いた、その「平気」ということ。老年の高浜虚子のぴう「遊び心」。どちらも芭蕉の「かるみ」の近代的な変容であり、変奏である。長く悲惨な人生を生きてゆく宿命にある現代人にとって「かるみ」はまたとない道導となるだろう。

3.「不易流行」

人の生死にかぎらず、花も鳥も太陽も月も星たちもみなこの世に現れては、やがて消えてゆくのだが、この現象は一見、変転きわまりない流行でありながら実は何も変わらない不易である。この流行即不易、不易即流行こそが芭蕉の不易流行だった。

（参考）『奥の細道を読む』（長谷川櫂著、ちくま新書）の一部で著者の原文通り。

オオシマザクラ
（奈良市・水上池）

☆そこで私は、本書「飛翔」の中で「座右に置きたい俳句50句」（P. 65 ~ P. 81）の中で奥の細道で詠われた下記の俳句４句の簡単な解説を行うことにした。参照頂きたい。

「閑さや岩にしみ入る蝉の声」

「旅に病で夢は枯野をかけ廻る」

「五月雨を集めて早し最上川」

「荒海や佐渡によこたふ天河」

アケビ（奈良県・馬見丘陵公園）

小鹿（奈良公園）

芭蕉の鹿の句碑（奈良公園）

城壁の秋化粧（大阪城）

2－4　俳句とは何か？再考してみよう（芭蕉ほか）

この問については、本書のまえがきの前半で少し触れたが、「俳句の基本ルール」にも若干問題点もあり、芭蕉の一句を筆頭に俳句の真髄に触れた俳人の言葉は多数あるが、今後の課題になりそうな７名の俳人の言葉を拾い感想を述べた。

＊「俳句の基本ルール」

俳句のルールの基本は、

1）五七五の十七文字を基準とした定型式の詩である

2）四季それぞれの季節感を表わす「季語」を取り入れる

3）断定と余韻を持つ省略を目指すため「や」や「かな」や「けり」のような「切れ字」を入れる、等である。

ただし俳人によっては考え方に若干の相違がある。例えば無季俳句や多少の字余りを認める俳人も少なからずある。９文字から２７文字までの句でも定型感があれば認める説もある（金子兜太）。季語については、季語を入れるのが基本だとしても、季節感がある句ならば俳句として認めたい。歴史的に見れば芭蕉・蕪村・一茶など解りやすいいい俳句が大半であり、難解な俳句は認めがたいが、理解度の違いなど配慮すればその是非は今後の課題かもしれない。

＊「物の見えたるひかりいまだ消えざるうちに言ひとむべし」（芭蕉）

この言葉を知り、即座に「俳句への旅」の著者である森澄雄が述べた「俳句は、目に見えたものだけでなく、そのものの本質を掴みとることで、これを把握という。」を連想した。俳句にしようとする対象や事柄を可能なら瞬時に言葉として表現してみると解釈した。あるいは要点だけメモするのでもいいのではないか。森は「俳句は、人生の無常をそこにおいて、そこに遊ぶ男の優雅ではないか。」とも言ったが、女性俳人の多い今の時代なら、受け止め方によっては批判を浴びるかもしれない。

＊「俳句は、言葉を凝縮するだけでなく、膨らますことが重要である。」（秋山未踏）

ややもすれば矛盾したように聞こえるこの言葉の真意を理解できたので、生涯胸に抱きながら、俳句を続けていきたいと思う。

＊「俳句は、語彙と感性が重要である。」(黛まどか)

後で知ったことであるが、この俳人は「ヘップバーン」という句会の主宰をされていた方で、表記の言葉は、「俳句とは何か？」を一言で要約したいい言葉であり、今でも自分の脳裏に焼き付いている。

余談ではあるが、なかなか朝日俳壇に投句しても入選出来なかった当時の入選句のひとつが「ヘプバーンも小鹿に逢ひしか奈良ホテル」(長谷川櫂選) であったので勿論主宰の名前をよく記憶している次第である。(なお女性だけの結社「東京ヘップバーン」は「月刊ヘップバーン」を創刊し 100 号刊行して廃刊となった。)

＊「俳句は感動のカプセルである。」(茂木健一郎)

脳学者茂木とまどか氏の共著「俳句脳」を読み、お二人の種々のコメントと表現力に驚愕したが、脳学者茂木は、世界最小の短詩、俳句を「感動のカプセル」と称したがこの独創的な言葉は忘れられない一言である。

＊「俳句は、清濁合わせ飲まないと俳人として大成しない。」(高浜虚子)

「濁を飲むぐらいなら私は大をなさなくてよいと思う。」(水原秋櫻子)

過去にこのような論議があったようであるが、この話は俳人の性格や考え方の相違であり、どちらが正しいとかいう話ではないと思う。

＊「俳句は、1) 日常を詠む、2) 平明で余韻があるもの、が重要である。」(金子兜太)

難解俳句は、どうも賛同しがたい。平明な俳句のよさは、芭蕉・蕪村・一茶等の先人たちが多数の作品を残しており、歴史が十分証明している。しかしながら、兜太の俳句にも結構難解な俳句があると思うが、理解度の違いなのかもしれない。兜太は尊敬する俳人である。惜しい方を亡くした。

＊「俳句は、五感を使って句作することが重要である。」

日本語の美や俳句らしさは、五感を巧みに使うことが大切であるという考え方は多数の俳人がコメントしている。勿論併せて季節感や巧みに情緒を把握することも重要だろう。

著者は奈良県人として「俳句と五感」の関連性調査を行った。

(2-7 俳句と五感　P. 88 ～ P. 89 を参照)

＊「俳句をするなら、思索せよ、旅に出よ、ただ一人で。」（辻井喬）

「月日は百代の過客にして、行き交ふ年もまた旅人也」と芭蕉は言った。芭蕉のように150日は無理にしても、時間があれば、時には近場の１～２泊の旅でもいいから外に出かけ、自然や風景に親しみ、土地の人々や生き物にも出会ったりして、人生について少しは考えてみよ、そうすればいい俳句も出来るであろうということか？

☆「俳句における魂・精神・心などの意味の違いを解く」

俳句を始めた頃、魂・精神・心などの正確な意味をもっと知りたくなった。

俳句における魂・精神・心など（円グラフ）→P. 60とP. 61参照

＊「座右に置きたい俳句50句」　→P. 64～P. 81参照

＊「好きな自作の俳句20句」　→P. 86～P. 87参照

＜参考資料＞

＊（A）俳人の系譜　別添の参考資料参照

＊（B）俳人による「野鳥と俳句」50句　別添の参考資料参照

＊（C）好きな和歌・短歌25首　別添の参考資料参照

＊（D）野鳥・季節別一覧　別添の参考資料参照

アカゲラ（生駒山麓公園）

イソヒヨドリ（奈良市・神功池）

コブクザクラ＜子福桜＞（奈良県・馬見丘陵公園）

セイタカシギ寄り添う（加古川市の池）

２－５　俳句における魂・精神・心などの意味

☆「俳句における魂・精神・心などの言葉の意味の違い」を調べる

俳句を始めたころ、人間の体のように、目にみえるハード的な言葉はわかるが、魂・精神・心など目に見えないソフト的な言葉は意味の相違が分かりにくく、それぞれの意味を国語辞典で調べることは出来たが、やはり不明瞭であると思い、グラフ化出来ないか検討してみることにした。何となく円グラフで試みることにしようと考えた結果が次頁の「人の命」のグラフである。

専門家でもないので、作成後もその是非がよくわからずじまいであったが、定期検診を受けた病院の医師より、医学というよりも宗教に近いテーマのグラフだと言われたことがあった。そこで般若心経に興味があり、目を通しているうちに、次頁の「五蘊」という言葉に出会い、吟味した結果、概ねわかりやすい妥当なグラフであると判断した次第である。

☆＜人の命＞の円グラフ化を試みる。

＜命＞

＊生物の生きる力・期間

人の命は、人間の生きる力であり、人間として生まれ死ぬまでの期間であることは間違いないが、命に関する種々の言葉の意味をよく知ることも俳句を志す者にとっても決して無駄ではないと思う。

「人の命」と題しグラフ化を試みた次頁の図は人間の感情などソフト的な要素を示し、下記の＜頭脳＞は、人間の肉体すなわちハード的な要素の内のもっとも主要な頭脳の説明である。肉体には当然主要部分の頭脳のほか顔・目鼻口耳・血液・内臓などが含まれる。

＜魂＞

＊魂は精神や気力の意味であるが、肉体に宿り、心の働きをつかさどるものである。

＜心＞

＊心のうち大和心は大和魂や日本民族固有の精神という意味で同様に使用される。すなわち日本人特有の優しい和みのある言葉をさすことが多い。例えば「敷島の大和心を人問はば朝日に匂う山桜かな」という本居宣長の和歌があることでよく知られている。

＜頭脳＞

＊体のうちの頭脳は、意識・神経活動の中枢であり、精神の働きの源泉でもある。

＊頭脳の神経細胞の働きにより、視覚・聴覚・臭覚・味覚・触覚等の俳句の世界で重要なものとされる五感の働きが実現する。

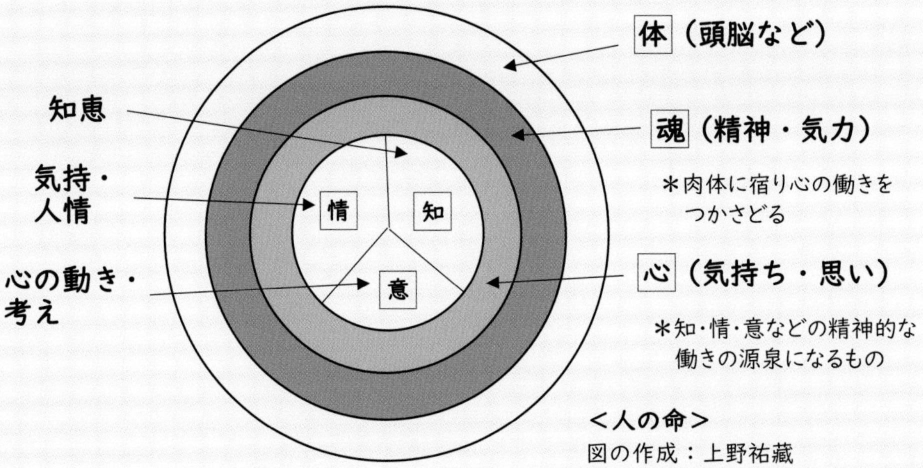

＜人の命＞
図の作成：上野祐藏
2011年8月（2022年11月修正）

☆「人の命」の円グラフを作成した結果は下記の通りであった。

今回作成した円グラフに挿入した体、心、知、情、意の５つの要素が、般若心経に記載されている五蘊（ごうん）の説明にある人間を成り立たせている５つの要素と合致し、概ね妥当な円グラフであるとの確認が出来た。ただし魂をもカウントすると６つの要素となる。日本人特有の強い精神力を示す大和魂などを考えると魂も入れて６つの要素としたいが、今後の課題かもしれない。

参考までに般若心経に記載されている五蘊とは何かの説明や関連事項を下記に記す。

☆＜五蘊＞とは、人間を成り立たせている５つの要素である。

すなわち　色→肉体　→　体　　行→心の作用　→　心
受→感覚　→　情　　識→意識　→　意
想→想像　→　知

以上の５つの要素を意味する。

注１）五蘊の蘊は、集まるの意味である。
注２）五蘊の言葉は、般若心経を参照のこと。
注３）「五蘊皆空」の意味は下記の通りである。
人間を構成する肉体（色）や精神（受・想・行・識）の５つの要素は、全て実体がない「空」である。よって肉体も精神も刻と変化し、移り変わるものだと理解出来たので、全ての苦しみから抜け出すことが出来た。体だけでなく、感覚やイメージ、感情や思考も実体がない「空」という意味だと説く。　（参考文献）「般若心経」
注４）２－７ 俳句と五感と題し88頁～89頁に俳句と五感（視覚・聴覚・嗅覚・味覚・触覚）の関連性として俳句例も取り上げた。

ホソミオツネン
（奈良市・磐之媛命御陵）

佐保川の桜（奈良市・新大宮）

ベニイトトンボ
（奈良市・磐之媛命御陵）

2－6　座右に置きたい俳句50句

素敵な俳句を口遊み、じっくり味わってみる。名句を選ぶとならば、十人十色、人の好みが自ずと生じる。名句を座右に置き、じっと眺めているとそれぞれの俳人が詠い込んだ俳句の情景が眼前に浮かんで来る。そこには自然と人生における感動や和み、そして懐かしさや癒しがある。多数の俳句の中から50句を選択した理由を、それぞれの句に要旨程度ではあるが記載した。

なお、俳人の句作を行った時期、背景など著者の理解しうる範囲での感想であることを付記しておきたい。俳句は当然ながら、句を読む読者によってその句から受ける印象や感想は違うと思われる。

（P. 65 ～ P. 81 参照）

（注）P. 86 ～ P. 87 に著者の好きな自作の俳句 20 句も別枠で記載した。
（過去の句集『まほろば』『あおばずく』『都跡《みあと》』などから抜粋したもの）

1

雪解けて村いっぱいの子どもかな
（小林一茶）

厳しい冬と終わりを告げるかのように、村の子らは雪が解けた、もう春が来たんだと残雪と戯れながら、みんなで飛び上がり、喜んでいる。春の訪れを喜ぶ田舎の風物詩。

2

降る雪や明治は遠くなりにけり
（中村草田男）

「や」と「けり」の二重の切れ字は通常禁じられているに等しいが、この作者のこの作品だけは、例外だと言われることが多い。ちなみに他の俳人の志賀芥子の句は、「獺祭忌明治は遠くなりにけり」で子規を弔ったすぐれた一句であるが、後に草田男が作った句はどうだろう。明治時代に活躍した子規らのことをも偲びつつ、俳人として明治・大正・昭和と３世代にわたり活躍した作者の俳句人生全てを詠いあげていると言えないか。上句の「降る雪や」５文字が句に深みを醸し出している。

3

囀りをこぼさじと抱く大樹かな
（星野立子）

大樹が囀りをこぼさずに抱くという擬人化した表現は見事と言う他ない。

4

いくたびも雪の深さを尋ねけり

（正岡子規）

雪の深さを聞く子規。子規は松山生まれだが、晩年カリエスという大病をして寝込むことになるが、東京根岸で病気患いした時も大雪となり、寝たきりの子規は子供のように家人に雪の深さを聞く。退屈な病床にある者にとっては、雪は夢であり慰めでもあったはず。薄化粧かもしれないし、30センチくらい積もったかもしれない。とても寂しいが、歌人であり俳人の子規の澄み切った心が伺える好きな一句である。

5

うまさうな雪がふうはりふはりかな

（小林一茶）

まさに旨そうな綿菓子を連想させる句であり、ふうわりふわりは、子供の喜ぶ風船を同時に思い浮かべるし、やがて積もれば雪だるまになる。

6

閑かさや岩にしみ入る蝉の声

（松尾芭蕉）

岩にしみ入る水のように蝉の声が岩にしみ入るとした比喩的表現の面白さ。静けさまで岩にしみ入ると感じたのかもしれない。

いかなる蝉なのかと想像するだけでも楽しい。小さな「ニイニイニイ」と啼くニイニイゼミかもしれないが「カナカナカナ」と夕暮れによく啼く蜩（ヒグラシ）もいい。

静まり返った山寺の立石寺の1000段ほどの石段を確か半ば登ったあたりにこの芭蕉の句碑が建っていた記憶がある。

7

旅に病で夢は枯野をかけ廻る
（松尾芭蕉）

芭蕉が奥の細道で病み、自分の人生を静かにじっくりと振り返ることも種々あっただろう。長旅を終えてからの芭蕉には人生への深い思いもあったはずである。

思い通りの俳句も作り、たくさんの弟子たちと出会い親交を深めたことなど苦楽共にした俳句人生を懐かしんだに違いない。

この句はやや早い芭蕉の辞世句と考えてもいいのかもしれない？

8

さまざまなこと思い出す桜かな
（松尾芭蕉）

今や桜は日本人が最も愛する国の花であり、それ故だれしもこの世に生まれ死ぬまでに、咲いては喜び、散っては悲しむなどしながら、さまざまなことを思い出すものである。今や学校、官舎、公園、山道、並木道、野原、田畑、土手堤ばかりでなく、住宅地にも数多く植えられている。アメリカともハナミズキと交換したほど愛される花である。

西行法師が辞世句「願はくは花の下にて春死なんそのきさらぎの望月のころ」という和歌を詠んだことで有名である。

9

谺して山ほととぎすほしいまま
（杉田久女）

山ほととぎすの句は､下句の「ほしいまま」が山のそのあたりいっぱいを独り占めしているようでもあり、自由気ままに啼いているさまが巧みに表現されていて誰も真似することが出来ない。ほととぎすの声が谺となり返って来るほど静かな山の一景である。

10

菜の花や月は東に日は西に

（与謝蕪村）

月が東の空に上り、日は西に沈まんとしている時に、地上に咲く菜の花は、まるで月と太陽の下の広大な原野を春いっぱい埋め尽くすような一景である。

11

分け入っても分け入っても青い山

（種田山頭火）

分け入っても分け入ってものリフレインが効いて、どこまで登っても青い山の中に浸ることが出来る、あるいは峠や山の頂きからは幾重にも広がる美しい連峰や山肌を眺めることが出来る。爽やかな夏山と大自然を詠い込む素敵な一句である。

12

神にませばまこと美はし那智の滝

（高浜虚子）

名勝那智の滝は滝壺までの落差が 133 m もあり、那智山一帯は自然信仰の聖地として知られている。またユネスコの世界遺産「紀伊山地の霊場と参詣道」の一部として認定されている。句の神にませばの意味は「神がおわす」とか「神宿る」に近い意味と理解しているが、その上句一つで那智の滝の神秘的な雰囲気が醸し出されているように思える。

なお滝の句は多数あるが、この句の他、この節の水原秋櫻子の 42 番の句や後藤夜半の「瀧の上に水現れて落ちにけり」という一句もある。

13

遠山に日の当たりたる枯野かな

（高浜虚子）

虚子の20歳代の句と言われているが、春を待つような明るい遠山と、侘しくほの暗い冬の枯野との対比に唸らされるばかりか、広大な風景と遠近感のある句だと理解している。

14

よろこべばしきりに落つる木の実かな

（富安風生）

学生時代に鎌倉の寺を散策していて、団栗がたくさん落ちていて喜んでいると上から実が一つ落ちてきて、頭に当たり驚いたことがある。この句の中では、風が吹き団栗が次々と落ちたようにも思えるが、作者はそれをあたかも自分が喜んだから次々と落ちたんだとするユーモアがにくい。

15

冬山やどこまで登る郵便夫

（渡辺水巴）

職業としての郵便夫が厳しい冬山を登り何処か へ郵便物を運んでいる情景であり、そのつらい仕事ぶりをご苦労様と詠っている。作者の目の付けどころが素晴らしい。

若い頃信州の白馬岳を登山した体験があるが、山小屋でアイスコーヒーを飲みかけ汗をかきながら氷の追加を頼みかけたら、父がそれは駄目だよと諭した。

何故か？「先ほど見ただろう、麓から強力が20kgほどの氷やいろんな荷物を山小屋に運んで来るんだ。そのご苦労を考えよ。」と父は言ったのだ。

16

腸《はらわた》に春滴るや粥の味

（夏目漱石）

漱石が胃潰瘍で入院した折の句と聞くが、春滴るは、麗らかな春とからだいっぱいにしみ入ることを上手く表現したものである。勿論芹やナズナなどを入れた春の七草粥を啜った時、はらわたにしみるほどに旨かったと感激して言ったのだろう。

17

荒海や佐渡によこたふ天河

（松尾芭蕉）

奥の細道の途中出雲崎で、荒波の日本海に浮かぶ佐渡ヶ島の全天に横たう天の川を雄大に詠った初秋の風物詩。

18

紫陽花に秋冷いたる信濃かな

（杉田久女）

紫陽花は、通常梅雨時に咲く花で夏の季語であるが、ここでは少し違う。多分詠んだのは信州の高地で秋冷も早く、紫陽花が初秋に咲いたようである。梅雨の時と違うイメージを描きながら作者は詠い込んだと考えたい。野鳥でもキクイタダキという極めて小さな冬鳥も富士山の五合目となると、12月じゃなく季節感の違う6月に集まって来る。

夏に冬鳥が見られるわけで、この句の紫陽花と類似している。

19

摩天楼より新緑がパセリほど

（鷹羽狩行）

摩天楼は誰しも知るニューヨークのエンパイヤーステートビルである。この高層ビルの上から地上を見下ろした眺めの句だが、地上の新緑が小さく見えて、まるでパセリのようだと詠っている。マクロの世界からミクロの世界へと移動したわけでユニークな句である。

20

春の海終日《ひねもす》のたりのたりかな

（与謝蕪村）

上五・中七・下五といずれも春らしい表現なのは珍しい。ここで詠う春の海は荒海でもなく、寒い海でもなく、麗らかで眠りを誘うような海、湯加減のいい風呂か温泉につかっているような海である。近くの野原にはやはり菜の花が咲いてほしい。

21

柿食へば鐘が鳴るなり法隆寺

（正岡子規）

柿の大好きな子規が奈良に立ち寄った際、東大寺も法隆寺も訪ねている。本当は東大寺で柿を食べたとの説もあるが今ここではどちらでもよい。東大寺よりは法隆寺のほうが斑鳩の里にあり、やや田舎の雰囲気があり、此方のほうが相応しいと思うが。

なお先に漱石が「鐘つけば銀杏散るなり建長寺」という少し類似した句を鎌倉で詠っている。勿論子規の句も漱石の句も素晴らしい。

22

かたつむり甲斐も信濃も雨のなか

（飯田龍太）

童謡として幼な子によく歌われるこの小さな生き物は、いつまでも懐かしい。「角出せ槍出せ頭出せ」と「かたつむり」の歌は誰でも幼年時代よく歌った記憶があるはず。梅雨の時期など山に行かなくとも、公園や庭の木々の枝や葉にいる。何故か蛙のように雨の好きな生き物である。

この一句は作者の住む甲斐（今の山梨県）の山手の家からとなりの信濃（今の長野県）を見つめながら雨の日に詠ったに違いない。森や木々の多い隣接するこの二つの県は山国として類似点も多い。水に恵まれ、ぶどうや桃等果樹や野菜の栽培、山や峡谷など北と南にそれぞれのアルプスが見渡される観光地として有名なところ。自然の産物も生き物も豊富であるが、この小さき生き物「かたつむり」に目をつけ詠うところが凄い。二つの県はお互いに隣接するが故、常日頃から往来も活発で、どちらも雨という日も多いらしい。こちらが雨ならあちらも雨で、きっとかたつむりが場所は違えども同じようにそろりそろりと動いていたことであろう。

23

偽りのなき香《か》を放ち山の百合

（飯田龍太）

人工的な芳香にもいい香りのものがあるが、山や野原等の自然界に咲く花や実には素晴らしい芳香を放つものが多々ある。例えば沈丁花、金木犀、バラ、菊、水仙、百合などに恵まれている。作者は山に咲く百合の香りが、人工的に作られた芳香物より好きだと言っている。蜂や蝶もそうであろうが、これらは花の蜜をも好むし、人間は花の美しさに引き寄せられては和む。

24

をりとりてはらりとおもきすすきかな

（飯田蛇笏）

すすきを担ぐとなれば普通軽いイメージがするが、ここではかなりどっさりと束ねたのかして、結構重かったに違いない。勿論すすきだから、一見はらりとした軽いイメージを出しながら、垂れるほどの重いイメージとなったようだ。

25

雪暮れて湖を見せずに鳰のこゑ

（森澄雄）

日も暮れて雪が降る中、鳰の湖（琵琶湖）はもう見えない。しかしどこからか鳰の啼く声だけは聞こえてくる。作者は近江の国（今の滋賀県）とりわけ琵琶湖が好きだったようだ。私が俳句を始めた頃の愛読書のひとつがこの作者の「俳句への旅」（角川ソフィア文庫）である。

26

外にも出よ触るるばかりに春の月

（中村汀女）

春の月は麗らかな季節に相応しい表情を時々見せるものだ。オパールのように月は暖色でぽわっとしたイメージがあり、よく朧月と呼ばれ、満月の時には、手が届きそうなほど近くに寄って来る感じがする。

27

啄木鳥や落ち葉をいそぐ牧の木々

（水原秋櫻子）

晩秋ともなれば、林や牧場の木々を眺めていると、風がなくとも、自然と木の葉が舞い落ちてくるが、赤ゲラや青ゲラなどの啄木鳥が幹を小突くことも多くなり、その音を聞いていると、何故かまるで急いで巣を作っているようでもあり、急いで落ち葉を落とすかのようでもある。

28

咳をしても一人

（尾崎放哉）

この句は、１７文字の定型俳句でないから、９文字のこの句は俳句ではない単なる短詩だという俳人も多いと聞く。極端に短いのだが、俳句そのものが世界一短い短詩とも言われているので、ここでは俳句の範疇に例外的に入れさせて頂こう。

確かに芭蕉の「古池や蛙飛びこむ水の音」と比すれば特に短いが、静寂な世界を詠んでいることだけ考えると、いずれも甲乙つけがたい素敵な短詩ではないかと思う。定型感があれば９文字（３･３･３）から２７文字（９・９・９）までは字余りでも字足らずでも俳句として認めてもいいのではないかとの金子兜太の説もある。（「俳句入門」、角川ソフィア文庫）

勿論俳句の基本は五・七・五の十七文字であると承知している。

29

百匹の蟻志同じくす

（秋山末踏）

無数の蟻が縦列に歩く姿は、誰しも一度は何処かでみているのではないか？ 何という団結力。志が同じなんだと作者は言う。人間ではなかなか出来ない。一部の野球選手やサッカー選手や交響楽団のメンバー等くらいであろう。蟻のような小さな生き物は、ややもするとすぐに人や他の生物に踏み潰されてしまう弱い生き物と言えよう。その弱い生き物に愛情を込めて志があると詠う作者。無数の蟻は、生き抜くために志を一つにして目標に向かいひたすら前進する。

30

万緑の中や吾子の歯生えそむる

（中村草田男）

赤子が生まれた後で、最初に親が発見するのは赤子に生え出した小さな歯に違いない。見渡す限り緑の木々ばかりの爽やかな季節かそのような場所で、作者は生まれて間もない我が子の口の中をふと見た時に初めて歯が生え出したことを見つけどんなに喜んだことだろう。なお「万緑」というこの言葉は、この句によって夏の新季語となった。

31

五月雨を集めて早し最上川

（松尾芭蕉）

芭蕉が奥の細道を旅した折に詠った名句。後に歌人の斎藤茂吉も眺めたであろう最上川を見て、芭蕉がこの地を訪ねた頃は五月雨もかなり降ったのであろう。最上川はその雨をしっかりと集めたため、流れも早くなり、その様子を見て作者が舟上で詠ったとされる一句。

32

菊の香や奈良には古き仏たち

（松尾芭蕉）

奈良には寺社仏閣が多く、その他の古い遺跡も数々ある由緒ある都市である。自ずと古き仏たちを眺めていると、逆に生きとし生けるものを優しく慈しんでくれているような表情をされることも多く、人は静かな気持ちになるものである。

33

ゆで玉子むけば輝く花曇り
（中村汀女）

食べ物や料理の俳句をも嗜む女性俳人が多く登場してから一時は台所俳句と呼ばれたくらいこの種の句が増えたようだ。この節の真砂女（43番）の「衣被の句」もそうで、本句と共に大変好きな句である。

花曇りは丁度桜が咲くころ空が薄曇りであることを言い、春の季語であるが、どんよりしているようで、ほのかな明るさも感じられる。ゆで卵はその花曇りのようだと詠っているが、純白のゆで卵はそれ以上に輝いている時もありそうだ。今から弁当にして花見に行くのかも。

34

竹馬やいろはにほへとちりじりに
（久保田万太郎）

竹馬には幼い頃、小学生の低学年あたりによく乗ったものだ。竹馬の友と言う言葉もあり、竹馬の他ビー玉、お手玉、三角野球、缶蹴り等日の暮れるまで、遊んだ頃の友をさす。

作者は今やこれも懐かしい＜いろは歌＞を中句に入れ、下句には＜散りぬるを＞のところ＜ちりじりに＞とユーモアたっぷりに詠い込んでいる楽しい句である。遊び疲れて日が暮れかけて、みんな散りじりに家に帰って行ったというわけであろう。

35

木枯らしや目刺に残る海のいろ
（芥川龍之介）

木枯らしが吹く寒い夜だったのかして、熱燗でも飲もうと作者が思ったのか、温かいお茶漬けでもと思ったのかよくわからないが、かちかちの目刺しを焼く直前であろう。よく見ると生きていた時の鰯の色がグレーにも見えるがうっすら群青色のようでもある。海の色が残っていたのだ。

36

物いへば唇寒し秋の風

（松尾芭蕉）

この句は、他人の短所を言うな、自分の長所を自慢するものではない、と言う意を含んだ個人の生き方に警鐘を鳴らす名句で有名である。

誰でも経験のある名言で、特に秋の風吹く侘しい季節がぴったりの一句である。

37

古池や蛙飛こむ水のおと

（松尾芭蕉）

ずばり大自然における静寂の世界を詠い込んだ名作中の名作である。その当時の蛙と言えば、「鳴く蛙」が注目され、「飛び込む蛙」を詠う句は少なかったはずで、飛び込むは誰もが新鮮なイメージで受け止めたと思われる。

38

郭公やどこまでゆかば人に逢わん

（臼田亜浪）

少し高い山となると鳥の種類も代わる。好きな信州に数十年行き来していたが、美ヶ原のような高原にはよくカッコーの声が聞こえ、その声を頼りに近寄ると郭公をどうにかカメラに納めることが出来た。郭公は本当に人っ気のない高原の林などで寂しそうに啼き、人恋しくなるものである。郭公が閑古鳥とも呼ばれる所以である。

39

引く波の跡美しや桜貝

（松本たかし）

砂浜の波の跡に残る桜貝が美しいとは恐れ入る。砂浜に指で書いた文字ならば、次の波が来て、直ぐに消えてしまうことはわかっているが、恋心のわかる作者には、麗しき桜貝は残った。美しい一句である。

40

曼殊沙華どれも腹出し秩父の子

（金子兜太）

作者が出身地の秩父をこよなく愛すという郷土愛に溢れた一句。昔は幼な子は、みんな腹を出し、臍が見えるほどの恰好をして、いつも野原や畦道で遊んでいた。郷里だけではない、そこに暮らす子らをも愛す優しい作者の人柄が滲む好きな一句である。

41

障子閉めて四方の紅葉を感じをり

（星野立子）

何処かの静かな寺の小部屋か茶室にいるのだろうか？庭園を歩き、先ほど見た周囲に溢れるほどの紅葉が、障子を閉めた後、目を閉じても瞼にあかあかと浮かんでくるではないか。

42

滝落ちて群青世界とどろけり

（水原秋櫻子）

滝の落ちる音と周囲の木々の緑が一体となり、まるで群青の世界にいるようだと詠う作者の表現力にまず引き寄せられた。繊細な気性の俳人とばかり思っていたが、この度のこのようなスケールの大きい句の詠い込みにも感動。滝はやはり那智の大滝であったようだ。

43

今生のいまが倖せ衣被《きぬかつぎ》

（鈴木真砂女）

作者は著名な俳人であるが、都内で小料理屋もされていたとか。きっと俳句仲間や粋人や酔人が集まり、楽しい小話や詩歌が飛び交う憩いの場であったことと私は思う。歳を重ね、生きていて良かった、今が一番倖せよと言う感慨深い一句に違いない。

44

目出度さもちう位也おらが春

（小林一茶）

50歳を超えてから、屋敷も弟とようやく分けたり、初めて妻を娶り家庭を持った作者の心境を上手く表した一句だと思う。本当は大変喜んだはずなのに作者の謙虚な性格が出ている。しかし幼い子を失くしたことが影響したに違いない。

45

不二ひとつうづみのこして若葉かな

（与謝蕪村）

富士山だけ残し後はあたりに生える若葉だけだという句を詠んだ蕪村。若葉であたりの景色が見えずとも富士だけは残って見えているではないかというわけ。

日本一の山は流石どんな時でも消滅しないよというわけ。富士山を詠んだ句を少し集め比較したことがある。さて皆さんはどの句がお好きか？

不二ひとつうずみのこして若葉かな（与謝蕪村）
仰ぐとは胸ひらくこと秋の富士（岡本眸）
秋の風富士の全貌宙にあり（飯田蛇笏）
富士見ゆる窓は塞がず冬構（小沢昭一）

46

さゆらぎてさゆらぎて花心かな

（稲畑汀子）

作者は西行のごとく花の吉野がお好きだったと聞く。「一山の花の散り込む谷と聞く」とも詠った作者は爛漫の桜だけでなく落花の風情も好み、中千本辺りの谷に散る花の渦を見たくなり幾度か吉野に出かけたそうな。客観写生のお手本と言われた虚子の名句「咲き満ちてこぼるる花もなかりけり」と共に、林芙美子の「花の命は短くて苦しきことのみ多かりき」の言葉を思い出す美しい花の句である。

47

雪解川名山けづる響かな

（前田普羅）

春になると信州あたりの雪解川は、文字通り雪解けで川の水量もたっぷり増えて北アルプスの名山と言われる山々から音を立て流れて行く。まるで名山の岩などの一部が削り取られてしまうほどの響きと勢いである。

48

むめ一輪一輪ほどのあたたかさ

（服部嵐雪）

梅の花は早春の２月頃咲くが（蝋梅は少し早い）、全て一斉には開花しない。一輪ごとに咲き、また一輪と咲くにつれ気候も暖かくなって来る。やがて三分咲き、五分咲きと開花し、満開となると正に春の訪れである。花暦や花便りがあり、梅に限ったことではないが桜とは違い、梅は冬の厳しい季節を乗り越えた直後やって来るのでまた一味違うものがある。

49

鞦韆は漕ぐべし愛は奪うべし

（三橋鷹女）

鞦韆は今のブランコのことである。子らがブランコに乗り、落ちずに前に後ろにと一生懸命に漕ぐ姿はいじらしくも爽快である。若い男女や恋人が通常誰からも恋人を横取りされぬよう奪うと言う気持ちや行為は当然であると作者はこの句で告げているのか、あるいは若者もブランコに乗りながらそう思っただけかもしれない。

50

雁《かりがね》や残るものみな美しき

（石田波郷）

昭和１８年９月作者にも召集令状が来たようである。前後して空を見上げ見た雁が渡る夕景も人も町もきれいに思えた。死を覚悟した者には見るもの何もかもが美しく見えたのではないか。戦争はすべてを破壊してしまう。

コブハクチョウ
（奈良市・水上池）

カイツブリの親子
（奈良市・高の原・皿池）

シロエリオオハム
（高槻市・芥川河口）

ホテイアオイ
（橿原市・本薬師寺跡）

コスモス
（藤原京跡地）

オシドリの飛翔
（奈良市・水上池）

サンコーチョウの雌
（大阪城飛騨の森）

アオバト
（枚方市・山田池公園）

ノビタキ・夏羽
（長野県・美ヶ原高原）

サンコーチョウの雄
（大阪城飛騨の森）

ベニマシコ
（奈良市・磐之媛命御陵）

祐藏

好きな自作の俳句20句

10 俳句あらば日本滅びず天高し

（平成27年NHK第22回俳句全国大会選、対馬康子）

9 野仏に一声かけて紅葉狩り

（平成26年NHK第21回俳句全国大会選）

8 安曇野の谷間の春やミソサザイ

7 音立てて大地を冷《さ》ます夕立《ゆだち》かな

（平成25年「南柯」句会選）

6 疾風や燕万羽のねぐら入り

5 むかし蝶いま小鳥追ふ山河かな

（平成30年NHK第19回俳句全国大会選）

4 野辺山に親子ときめく星月夜

3 ヘプバーンも小鹿に逢ひしか奈良ホテル

（平成21年朝日俳壇、長谷川櫂選）

2 海や山次々越えて小鳥来る

（平成28年読売新聞「四季」欄および中公文庫掲載、長谷川櫂選）

1 冬ざれや語らんとして人を追ふ

（平成22年朝日俳壇、金子兜太選）

20　コウノトリやがて翔び去る年の暮

19　マスク除れば金木犀の香り立つ

18　雀来て遊び惚けよ小米花

17　百日紅丸きお腹に君の手のひら

（平成21年朝日俳壇、金子兜太選）

16　翡翠(注)の沈黙破る水の音

（注）カワセミ

15　木漏れ日やあおばずくと睨めっこ

14　緋水鶏《ひくいな》の恥じらふごとき火照りかな

13　穂も揺れし喉あかあかと行々子(注)

（注）オオヨシキリの別称

12　瀋陽の古筝ひびくや古都の秋

（NHK平成29年度俳句全国大会選）

11　神代からの大和三山初茜

（NHK平成27年度俳句全国大会選）

2－7　俳句と五感

俳句をより楽しむために、俳句と人間の五感との関連性について、少し調べてみた。

なお自分の作品の中から、参考例として、それぞれの五感に密着した俳句を2例ずつ挙げた。

1）生活環境（奈良に居住）

1－1）歴史的背景

＊大和朝廷～平城京～現在

1－2）現在の生活環境

＊奈良県・奈良市・郊外

＊気象・山岳河川・原野・動物・植物等

＊世界遺産・寺社仏閣・庭園・その他の遺跡・博物館・美術館等

＊人間・家庭・衣食住・宗教（神道・仏教等）・祭事・医学・哲学・芸術（建築・美術・文学等）・政治・経済・社会・交通・友人・隣人・年中行事等

＊産業（観光・ホテル・旅館・サービス・農業・工業等）・官公庁・教育施設

2）五感について（五つの感覚の俳句例を含む）

2－1）視覚・・・寺社仏閣・庭園、博物館・美術館、仏像等古美術、山岳河川、田畑、民家、果樹草花、動物、小鳥、人間、気象（四季、空気・雪、雨、太陽、月、星、虹、雲、霧、風等）、その他

＜視覚　例＞　1）「神代からの 大和三山 初茜」

2）「野辺山の 親子ときめく 星月夜」

2－2）聴覚・・・風の音、水の音、虫の音、鐘の音、笛の音、太鼓の音、人の声、動物（鹿等）の声、小鳥の声、花火、音楽、その他

＜聴覚　例＞　1）「音立てて 大地を冷（さ）ます 夕立かな」

2）「秋立ちぬ 朝な夕なの 風の音」

2－3）嗅覚・・・花の香（金木犀、沈丁花，バラ等）、線香、食べ物、酒、煙草、汗、焚き火、その他

＜嗅覚　例＞　1）「ならまちの 草餅匂ふ 杵の音」

2）「熱燗や 父の木曾節 唸るだけ」

2－4）味覚・・・食べ物（米、肉、魚、野菜、果物）、飲み物、調味料（塩、砂糖、油等）、菓子、酒、水、空気その他

＜味覚　例＞　1）「菜の花の お浸し匂ふ 苦味かな」

2）「舟盛の 寒鰤平らげ 箸休め」

２－５）触覚・・・人間（手足等）、動物、植物
＜触覚　例＞　１）「泥払ふ　旬大根の　重さかな」
２）「山の道　孫そばに寄り　ねこじゃらし」

≪参考≫
＊桜の五感・・・視覚（桜の花・葉・樹、桜紅葉、花筏、桜吹雪、花見等）
聴覚（桜に来る小鳥の声、桜に吹く風の音、桜の歌等）
嗅覚（桜餅の匂い等）
味覚（桜餅等）
触覚（花びら、葉、樹等）

＊五感の他・・・自然と人生・生老病死・情感（喜怒哀楽）・季語（季節感）
などが重要なキーワードとなる。

ソウシチョウ（生駒山麓公園）

ミコアイサ〈パンダガモ〉
（奈良市・水上池）

タゲリ
（奈良市・高の原）

オオルリ
（大阪城公園）

ミヤマホオジロ
（生駒山麓公園）

オガワコマドリ
（枚方市・淀川河川敷）

都鳥
（三重県・安濃川河口）

2－8　大和の俳句

私の処女句集である『まほろば』の末尾に雑文として大和の俳句 10 句の解説記事があることを思い出し、興味深いと思われるものを少しアレンジし、本書に３句掲載することにしたい。大阪生まれの私も奈良に居住し早や 30 余年になり、奈良にも大変愛着を覚えているからである。大和は地方としての大和と古き時代の国としての大和がある。大和言葉は漢語に対する和語であり、日本語のことで、和歌や雅語をさすこともあるようだ。また大和魂は日本民族固有の精神を意味する。大和の俳句となれば、自然と奈良の名刹、東大寺・法隆寺・唐招提寺・長谷寺等の様子が即座に浮かんで来る。

１）「蟇（ひき）ないて唐招提寺春いづこ」（水原秋櫻子）

この句は鑑真が創建したことで名高い寺を訪ねた折りの句。華やかかりし都を思い浮かべて春を惜しむ哀愁に満ちた句と思われる。現在この付近の田畑も少なくなってきているが、まだ蟇の声は聞こえるはずである。 注）蟇・蛙の主たる句は下記。

「古池や蛙飛び込む水の音」（松尾芭蕉）

「痩せ蛙負けるな一茶ここにあり」（小林一茶）

「青蛙おのれもペンキぬりたてか」（芥川龍之介）

「蟇鳴くや祖父母はるかと思ふとき」（飯田龍太）

２）「秋暮るる奈良の旅籠や柿の味」（正岡子規）

この句は子規が奈良を訪ねた時に宿泊した対山楼での思いを詠ったようである。対山楼は東大寺大仏殿西隣にあったとされるがその跡地に現在「子規の庭」が造られ句碑もあると聞いたので私も覗いてみたスポットである。現在は天平倶楽部（料理屋）所有内にある。ここでも子規は鐘の音を聞きながら好きな柿をたらふく食べたそうな。滞在中の子規の句は「大仏の足元に寝る寒さかな」とされている。

３）「柿食えば鐘が鳴るなり法隆寺」（正岡子規）

この句は対山楼のイメージがあり、東大寺を法隆寺に置き換えて詠ったとの説もあるが、子規のまえがきがあったとされ、やはり３日後に訪ねた法隆寺での句らしい。子規の友人漱石がこの句の少し前に作った「鐘つくや銀杏散るなり建長寺」の句があり、当然子規の句に影響を与えているものの、やはり子規の句の方がユニークだと評価は高いようである。奈良への旅は療養中の子規の最後の旅と言われ考え深いものがある。

追記）

著者の大和の俳句は下記４句など。

＊「ヘプバーンも小鹿に逢いしか奈良ホテル」（奈良ホテル）

＊「早春のあやかりたきや伎芸天」（秋篠寺）

＊「冬日向猿沢の亀天を向く」（猿沢の池）

＊「まほろばの大和に懐く鹿も我も」（奈良公園）

参考）以上４句を含め著者の第１句集『まほろば』（非売品）2012.12.1 より抜粋。

コサメビタキの飛翔（生駒山麓公園）

探鳥に来て千振《せんぶり》の小さき花（祐藏）

センブリ（生駒山麓公園）

2－9　我が旅情句

俳句の楽しみ方のひとつは、日記のつもりで気軽に俳句を作り、楽しむことかもしれない。花鳥諷詠でも喜怒哀楽を詠むことでもいい、とにかくその日の感動を俳句として表現し、スマホとか大学ノートや俳句手帳に記帳しておく。これが最も平易な楽しみ方と思う。旅日記もその一例である。下記にその例を２つ試みてみた。兄弟３夫婦で行った「上高地」、幼友達２夫婦で行った「霧ヶ峰高原」の旅日記という次第。連語で当日の旅情を綴ってみたに過ぎない。当日感じ入ったことを幾つか句作するか、キーワードをメモしておき、帰宅後、一気に句を連ねてみる。単純素朴なやり方であるが、旅情句と言えるか、旅情短詩なのか定かではない。

旅情句（1）上高地、夏＞

木を積みし　南木曾《なぎそ》あたりか　信濃号
梓澄み　カナダのごとし　上高地
徳沢の　森に広がる　二輪草
岩魚食み　地酒ちびりと　寛ぐや
楡，樺《かんば》　仰ぎ見れば　明神岳
唐松の　梓の岸を　漫ろ行く
雲の峰　エメラルド色の　水流れ
五月雨や　瀬音うれしき　河童橋
風薫る　ニッコウキスゲ　上高地

旅情句（2）霧ヶ峰高原、秋＞

葡萄の実　塩尻あたり　たわわなり
我が友と　目指すは遥か　霧ヶ峰
高原の　ホルシュタインに　鐘が鳴り
微笑めば　一面咲くや　ヤナギラン
さらなるは　紫の花　松虫草
霧晴れて　星飛ぶごとに　指を折り
矢のごとく　また流れしや　星二つ
幸あれと　祈りし夏の　一日かな

ミソサザイ
（長野県・烏川渓谷）

ブッポウソウ
（長野県・天竜峡）

参考資料

（A）俳人の系譜

俳句の世界にもいろんな師系がある。

特に正岡子規以降の俳人の師系やグループをある程度、理解しておく必要がある。丁度俳句を始めた頃の愛読書である森澄雄著「俳句への旅」にそれぞれの師系の流れが記されていたが、わかりにくいので、誰にでも一覧できるように整理を行った。

＊松尾芭蕉・・・江戸時代（17 世紀後半）
＊与謝蕪村・・・江戸時代（18 世紀後半）
＊小林一茶・・・江戸時代（18 世紀後半～ 19 世紀前半）
＊正岡子規・・・明治時代（19 世紀後半）

＊正岡子規（明治中期）「客観写生」「ホトトギス」
↓
＊高浜虚子「客観写生・花鳥風詠」「ホトトギス」・河東碧梧桐　新聞「日本」、・内藤鳴雪

＊河東碧梧桐（明治下期）「新傾向俳句・自由律俳句」→萩原井泉水→尾崎放哉→種田山頭火
＊高浜虚子（大正２年復帰）「ホトトギス」
第一興隆期（大正初期）①・・渡辺水巴・村上鬼城・飯田蛇笏・前田普羅・原石鼎
＊大正の女流俳句＞・・・長谷川かな女・阿部みどり女・杉田久女等
第二興隆期（昭和初期）②・・４Ｓ時代、水原秋櫻子・山口誓子・高野素十・阿波野青畝
＊虚子からの離脱者現わる（昭和６年）・・秋櫻子と誓子
＊この頃の虚子派・・松本たかし・川端茅舎・富安風生・山口青邨等

＊昭和の女流俳句・・４Ｔ、星野立子・中村汀女・三橋鷹女・橋本多佳子
＊新興俳句　　・・篠原鳳作・日野草城・西東三鬼・平畑静塔・高野窓秋等
＊人間探求派　・・中村草田男・加藤秋邨・石田波郷・大野林火等
＊戦後俳句　　・・佐藤鬼房・三橋敏雄・角川源義・飯田龍太・金子兜太・森澄雄・藤田湘子・長谷川櫂・鷹羽狩行・高野ムツオ・大串章・細見綾子・鈴木真砂女・桂信子・野沢節子・稲畑汀子・宇多喜代子・夏井いっき・西村和子等

(B) 俳人による野鳥と俳句50句

本資料は以前40年近く居住していた富雄若草台（2024年国宝級の銅鏡や刀の発掘で有名になった富雄丸山古墳のある住宅地）の住民から誘いを受け参加した丸山野鳥の会（当初9名で構成）の定例会に参考までに提出した資料の一部である。

＜鳥・囀り・諸鳥＞	「春更けて諸鳥啼くや雲の上」	（前田普羅）
	「鳥啼いて赤き木の実をこぼしけり」	（正岡子規）
	「囀りの高まり終わり静まりぬ」	（高浜虚子）
	「木曽川の今こそ光れ渡り鳥」	（高浜虚子）
	「大空にまた湧き出でし小鳥かな」	（高浜虚子）
	「囀りをこぼさじと抱く大樹かな」	（星野立子）
＜閑古鳥・郭公＞	「うき我をさびしがらせよかんこ鳥」	（松尾芭蕉）
	「郭公や何処までゆかば人に逢はむ」	（臼田亜浪）
＜時鳥・子規・不如帰＞	「田や麦や中にも夏のほととぎす」	（松尾芭蕉）
	「ほととぎす宿かるころの藤の花」	（松尾芭蕉）
	「松島や鶴に身をかれほととぎす」	（松尾芭蕉）
	「目には青葉山ほととぎす初鰹」	（山口素堂）
	「卯の花の散るまで鳴くか子規」	（正岡子規）
	「帰ろふと泣かずに笑へ時鳥」	（夏目漱石）
	「谺して山ほととぎすほしいまま」	（杉田久女）
＜雁＞	「雁や残るもの皆美しき」	（石田波郷）
	「首のべてこゑごゑ雁の渡るなり」	（森澄雄）
	「雁の数渡りて空に水尾もなし」	（森澄雄）
＜雀＞	「雀の子そこのけそこのけお馬が通る」	（小林一茶）
	「稲雀稲を追われてとうきびへ」	（正岡子規）
＜燕＞	「高浪にかくるる秋のつばめかな」	（飯田蛇笏）
	「篁に一水まぎる秋燕」	（角川源義）
＜雲雀＞	「雲雀より空にやすらふ峠かな」	（松尾芭蕉）
	「日輪に消え入りて啼くひばりかな」	（飯田蛇笏）
＜鵙＞	「かなしめば鵙金色の日を負ひ来」	（加藤楸邨）
	「御空より発止と鵙や菊日和」	（川端茅舎）

＜鶯＞ 「鶯や餅に糞する縁の先」 （松尾芭蕉）
「鶯や竹の子藪に老を鳴く」 （松尾芭蕉）
「笹鳴きに逢ふさびしさも萱の原」 （加藤楸邨）
「声出してみて笹鳴に似ても似ず」 （加藤楸邨）
「大年の法然院に笹子ゐる」 （森澄雄）
「鶯や御幸の輿もゆるめけん」 （高浜虚子）

＜鵯＞ 「鵯のそれきり鳴かず雪の暮」 （臼田亜浪）

＜白鳥＞ 「除夜の妻白鳥のごと湯浴みをり」 （森澄雄）
「こほるこほると白鳥の夜の声」 （森澄雄）

＜鳶＞ 「春の鳶寄りわかれては高みつつ」 （飯田龍太）
「蓬莱や湖の空より鳶の声」 （森澄雄）

＜鷹＞ 「鷹のつらきびしく老いて哀れなり」 （村上鬼城）

＜鷗＞ 「白をもて一つ年とる浮き鷗」 （森澄雄）

＜みみずく＞ 「山の童の木菟捕らへたる閧あげぬ」 （飯田蛇笏）

＜鴉・烏＞ 「かれ朶に烏のとまりけり秋の暮」 （松尾芭蕉）

＜鳰《にお》＞ 「四方より花吹き入れて鳰の海」 （松尾芭蕉）
「雪暮れて湖を見せずに鳰のこゑ」 （森澄雄）

＜鵜＞ 「老いて鵜は滴るもののなかりけり」 （加藤楸邨）
「おもしろうてやがて悲しき鵜舟かな」 （松尾芭蕉）

＜啄木鳥＞ 「啄木鳥や落ち葉を急ぐ牧の木々」 （水原秋櫻子）
「木啄も庵はやぶらず夏木立」 （松尾芭蕉）

＜鶲＞ 「鶲来て色つくりたる枯れ木かな」 （原石鼎）

＜山鳩＞ 「山鳩よみればまわりに雪が降る」 （高島窓秋）

＜雉子＞ 「雉子の眸のかうかうとして売られけり」（加藤楸邨）

＜ 2011 年 10 月 5 日作成＞

（C）素敵な和歌・短歌 25 首

座右に置きたいのは俳句だけではあるまい。そこで僭越ながら同じ短詩だという意味で、著者の好きな素敵な和歌・短歌 25 首を選ぶことをお許し願いたい。

1）「田子の浦ゆうち出でてみれば真白にそ
富士の高嶺に雪は降りける」　山部赤人「万葉集」

2）「あかねさす紫野行き標野行き
野守は見ずや君が袖振る」　額田王「万葉集」

3）「いはばしる垂水の上のさわらびの
萌え出づる春になりにけるかも」　志貴皇子「万葉集」

4）「春過ぎて夏来たるらし白妙の
衣ほしたり天の香具山」　持統天皇「万葉集」

5）「天の原ふりさけ見れば春日なる
三笠の山に出でし月かも」　阿倍仲麻呂「古今和歌集」

6）「見わたせば花も紅葉もなかりけり
浦のとまやの秋の夕暮れ」　藤原定家「新古今和歌集」

7）「願はくは花の下にて春死なむ
その如月の望月のころ」　西行

8）「この里に手まりつきつき子どもらと
遊ぶ春日は暮れずともよし」　良寛

9）「金色のちひさき鳥のかたちして
銀杏ちるなり夕日の岡に」　与謝野晶子「恋衣」

10）「やは肌のあつき血汐にふれも見で
さびしからずや道を説く君」　与謝野晶子「みだれ髪」

11）「たはむれに母を背負ひてそのあまり
軽きに泣きて三歩あゆまず」　石川啄木「一握の砂」

12）「ふるさとの山に向かひて言ふことなし
ふるさとの山はありがたきかな」　石川啄木「一握の砂」

13）「白鳥はかなしからずや空の青
海のあをにも染まずただよふ」　若山牧水「海の声」

14）「幾山河越えさり行かば寂しさの
終てなむ国ぞ今日も旅ゆく」　若山牧水「海の声」

15）「白玉の歯にしみとほる秋の夜の
酒はしづかに飲むべかりけり」　若山牧水「路上」

16）「垂乳根の母が釣りたる青蚊帳を
すがしといねつたるみたれども」　長塚　節「長塚節歌集」

17)「高槻のこずゑにありて頬白の
さへづる春となりにけるかも」 島木赤彦「太虚集」

18)「瓶にさす藤の花ぶさみじかければ
たたみの上にとどかざりけり」 正岡子規「竹乃里歌」

19)「のど赤きつばくらめふたつ屋梁にいて
足乳根の母は死にたまふなり」 斎藤茂吉「赤光」

20)「ゆふされば大根の葉にふる時雨
いたく寂しく降りにけるかも」 斎藤茂吉「あらたま」

21)「何釣ると言えばもろこといふ子らに
宇治塔の島日はまだ暮れず」 田中順二「田中順二歌集」

22)「ゆく秋の大和の国の薬師寺の
塔の上なるひとひらの雲」 佐々木信綱「新月」

23)「たとえば君ガサッと落ち葉すくふやうに
私をさらって行ってくれぬか」 河野裕子「森のやうに獣のやうに」

24)「たっぷりと真水を抱きてしづもれる
昏き器を近江と言へり」 河野裕子「桜森」

25)「ふたりよりやがてふたりにもどるまでの
時の短さそののちの長さ」 永田和宏「荒神」

セイタカシギ
（京都府・久御山町・休耕田）

(D) 野鳥・季節別一覧

野鳥がおおよその季節に見られるのかがわかる一覧表を参考文献を参照しつつ下記の通りまとめた。

< 主たる夏鳥 > 比較的春・夏に見られ、そこで繁殖する鳥

アオゲラ、アオバズク、アカゲラ、アカショウビン、イワツバメ、オオヨシキリ、オオルリ、カッコウ、キビタキ、クロツグミ、コサメビタキ、コマドリ、コムクドリ、コルリ、サンコウチョウ、センダイムシクイ、ツバメ、ノゴマ、ノビタキ、ブッポウソウ、ホトトギス、ヨタカ、アマサギ、コアジサシ、コチドリ、ヒクイナなど。

< 主たる冬鳥 > 比較的秋・冬に見られ、そこで繁殖する鳥

アオバト、アトリ、ウソ、オガワコマドリ、カシラダカ、キレンジャク、ジョウビタキ、タヒバリ、ツグミ、ハヤブサ、ヒレンジャク、マヒワ、ミヤマホオジロ、ウミアイサ、オオハム、オカヨシガモ、カワアイサ、カンムリカイツブリ、キンクロハジロ、コウノトリ、コガモ、コハクチョウ、サンカノゴイ、タゲリ、タシギ、トモエガモ、ハジロカイツブリ、ハマシギ、ヒドリガモ、ホシハジロ、マガモ、ミコアイサ、ユリカモメ、ヨシガモなど。

< 主たる留鳥 > その地域で比較的年間を通じ見られる鳥

イカル、イソヒヨドリ、ウグイス、エナガ、オオタカ、カケス、カワセミ、カワラヒワ、キクイタダキ、キジ、キセキレイ、コゲラ、コジュケイ、シジュウカラ、スズメ、セグロセキレイ、セッカ、チョウゲンボウ、トビ、トラツグミ、ハイタカ、ハクセキレイ、ヒヨドリ、フクロウ、ホオジロ、ホシガラス、ミサゴ、ムクドリ、メジロ、ヤマガラ ,ヤマセミ、ヤマドリ、ライチョウ、アオサギ、イカルチドリ、オシドリ、オナガガモ、カイツブリ、カルガモ、ケリ、ゴイサギ、コサギ、タマシギ、ダイサギ、バンなど。

< 主たる旅鳥 > 比較的旅の途中で、その地域に暫く立ち寄る鳥

エゾビタキ、ムギマキ、タカブシギ、ムナグロなど。

< 主たる漂鳥 > 暑さや寒さを避けるため、夏は山地、冬は平地と繁殖地と越冬地を区別して国内を季節移動する鳥

オオジュリン、シメ、ニュウナイスズメ、ヒバリ、ピンズイ、ベニマシコ、ホオアカ、ミソサザイ、モズ、ルリビタキ、クイナなど。

< 参考文献 >「日本の野鳥」(竹下信雄著 小学館)
「鳥」(ヤマケイジュニア図鑑３ (株) 山と渓谷社)
「野鳥」(堀田明監修 成美堂出版)

参考文献

その他

＊第１章

梅原猛　：日本経済新聞、2012・1・7

瀬戸内寂聴　：朝日新聞　寂聴語録、2021・11・12

向井千秋　：朝日新聞、2018・12・3

堀田明　：『野鳥』（堀田明著、成美堂出版）

竹下信雄　：『日本の野鳥』（竹下信雄著、小学館）

日本野鳥の会　：『山野の野鳥』・『水辺の野鳥』（日本野鳥の会編）

里中遊歩　：『野鳥図鑑』（里中遊歩著、宝島社）

鈴木俊貴　：「野鳥言語学・鳥語とは何か？」、NHK テレビ 2022・６・12

宇多喜代子　：NHK ラジオ深夜便

坂村真民　：詩

上田恵介　：日本野鳥の会会長からのメッセージ

中村文　：『ときめく小鳥図鑑』（中村文著、山と渓谷社）

ヒレンジャクとピラカンサ（枚方市・山田池公園）

＊第２章

寺田寅彦　：『寺田寅彦随筆集第５巻』（小宮豊隆編、岩波文庫）

坪内稔典　：『俳人漱石』（坪内稔典著、岩波書店）

山折哲雄　：『身軽の哲学』（山折哲雄著、新潮選書）

森澄雄　：『俳句への旅』（森澄雄著、角川ソフィア文庫）

中西進　：『日本語の力』（中西進著、集英社文庫）

長谷川櫂　：『奥の細道を読む』（長谷川櫂著、ちくま新書）

長谷川櫂　：『四季のうた‥至福の時間・・』（長谷川櫂著、中公文庫）

加藤朝胤　：『くり返し読みたい般若心経』（加藤朝胤監修、リベラル社）

平井正修　：『般若心経写経練習帳』（平井正修監修、主婦の友社）

茂木健一郎・黛まどか：『俳句脳』（茂木健一郎・黛まどか著、角川書店）

山本健吉　：『定本現代俳句』（山本健吉著、角川選書）

金子兜太　：『語る兜太 我が俳句人生』（金子兜太著、黒田杏子聞き手、岩波書店）

金子兜太　：『金子兜太のことば』（石寒太編著、毎日新聞出版）

長谷川櫂　：『俳句と人間』（長谷川櫂著、岩波新書）

高浜虚子　：『俳句への道』（高浜虚子著、岩波文庫）

角川学芸出版　：『極めつけの名句１００』（角川学芸出版編、角川ソフィア文庫）

稲畑汀子　：『俳句入門』（稲畑汀子著、PHP 新書）

山本健吉　：『俳句鑑賞歳時記』（山本健吉著、角川ソフィア文庫）

朝日新聞社　：『朝日俳壇 2010』『朝日俳壇 2013』『朝日俳壇 2016』（朝日新聞出版）

正岡明他　：「四季と奈良」（正岡明他著、講演資料）

山本健吉　：『言葉の歳時記』（山本健吉著、角川ソフィア文庫）

長谷川櫂　：『俳句的生活』（長谷川櫂著、中公新書）

コウノトリ（奈良市・窪之庄南付近）

あとがき

最初に本書の刊行にあたり、監修という大役を快くお引き受け頂いた京都大学名誉教授 吉田英生先生に御礼申し上げたい。文章は読者の気持ちを念頭に置き執筆せよ、余計な文章は書くななどの指摘の他、文章全体につき推敲頂き、多くの時間を割いて頂いた。

書籍の刊行を目指すにあたり、内容の一部が著作権に抵触しないかどうかが問題になることが多いことについては、よく耳にしていた。この話の煩雑さに少し抵抗感も覚え、予定の三分の一を割愛することにし、自分が撮影した野鳥や花などの写真や小話を増やすことにした。

ここでその詳細には触れないが、先人および現代の俳人の中から＜座右に置きたい俳句50句＞を選ぶ場合、投句俳句はもちろん現在活躍中の俳人の魅力ある俳句でさえも止むを得ず割愛することになったのは、誠に残念であった。

野鳥や花などは、誰が見ても和みや癒しになるものを中心にピックアップしたつもりであるが、如何であったろうか。生きものは正直なもので、好きなアオバズク等は警戒心を持つ時は目を三角にするが、人慣れすると目をまんまるにして可愛い。子が親にエサを求める写真など（ユリカモメ、エナガなど）は私も好きで楽しくなる。

それにしても、新聞やテレビに投稿された俳句で、ずば抜けて素晴らしい句に巡り逢うことが、よくある。その作者の語彙の豊富さがものをいうのか、さぞかし独創力など天賦の才能の持ち主なのであろうと想像することも多い。

そこで本文から割愛した多数の俳句の中でどうしてもどこかに残して置きたいと考えた一句を、ここで紹介しておきたい。

「神々がビリヤードして流れ星」（林璋、NHK 全国俳句大会特選、有馬朗人選）と言う秀句である。先日 NHK テレビで＜宇宙と音楽の共演＞と題するオーケストラの演奏を中心とした番組を視聴していたところ、この一句をまた思い浮かべ、まるでこの句は＜神々と人間の共演＞であると感じ入った次第である。

最後に、地元奈良の「南柯」と言う子規・鳴雪の流れを汲む結社で秋山未踏主宰（故人）（現 主宰和田桃さん）らの下で５年余りという短い期間であったが、俳句の基礎を学んだので、この紙面をお借りし関係各位に謝意を表したい。野鳥関係では、所属している日本野鳥の会（会長 上田恵介氏）、丸山野鳥同好会（代表 竹川勝彦氏）の関係各位、さらに日頃の探鳥などで、懇意にして頂いている甲斐野真次（枚方市）、尾崎滋（木津川市）、佐藤哲夫（奈良市）、吉岡孝文（奈良市）、川瀬治郎（八王子市）等の諸氏にも謝意を表したい。

さらに本書の刊行にあたり、編集・装丁・デザイン等で多大な助言や尽力を頂いた辻埜孝之氏、並びに印刷・出版の業務をお引き受け頂いた京阪奈情報教育出版株式会社の住田幸一社長には多大なご指導を賜り、厚く御礼申し上げたい。

「むかし蝶いま小鳥追ふ山河かな」　２０２４年立春　上野祐藏

〈著者〉

上野《うえの》 祐藏《ゆうぞう》

1945 年 5 月 12 日生 / 大阪府出身
大阪府立高津高等学校 / 同志社大学経済学部 卒
社団法人エネルギー・資源学会事務局長として
定年まで 30 数年勤務　日本野鳥の会 青い鳥 会員
現在奈良市に居住

〈監修〉

吉田《よしだ》 英生《ひでお》

京都大学名誉教授（機械工学系）

〈デザイン〉

辻埜《つじの》 孝之《たかし》

飛翔　野鳥と俳句の世界へ

2024 年 5 月 12 日発行

著者・発行者　上野　祐藏
販　　売　　者　京阪奈情報教育出版株式会社
〒 630-8325
奈良市西木辻町 139 番地 6
https://narahon.com/
印 刷・製 本　共同プリント株式会社

ISBN978-4-87806-837-9 C0000

＊本書についてのご感想など著者宛にお寄せいただけますと幸いです。